❧ 名家导赏版 ❧

契诃夫戏剧全集

三姊妹

3

Три сестры

Антон Павлович Чехов

安东·巴甫洛维奇·契诃夫 著

焦菊隐 译

上海译文出版社

目 录

导读
吴小钧 "我的心就像一架贵重的钢琴……" I

三姊妹 1
  人物表 3
  第一幕 5
  第二幕 39
  第三幕 71
  第四幕 97

* 导 读 *

"我的心就像一架贵重的钢琴……"

吴小钧

《三姊妹》的最后一幕,伊里娜在与爱着她的军官屠森巴赫男爵分手前说道:我的心就像一架贵重的钢琴,把钥匙丢了似的,所以要永远锁着了。

曾有一说,俄罗斯著名作曲家拉赫玛尼诺夫《第二钢琴协奏曲》的创作灵感正是来自伊里娜的这句台词。遗憾的是,后来一直没有找到与此有关的佐证。笔者宁可信其有,因为如此优美而舒展的旋律确实像从伊里娜充满诗意而哲理的台词里流淌出来的。

一

契诃夫的四部经典之作《海鸥》《万尼亚舅舅》《三姊妹》和《樱桃园》,托起了一座闻名于世的莫斯科艺术剧院（以下简称"莫艺"），所以这家剧院又有了"契诃夫的剧院"之称，也有人称其是演出契诃夫戏剧的"旗舰剧院"。其实，《三姊妹》才是契诃夫真正为莫艺创作的第一部剧作。此前的《海鸥》和《万尼亚舅舅》，最初都是交给其他剧院演出的：前者由圣彼得堡的亚历山大剧院首演，惨遭失败，两年后（一八九八年），初创的莫艺使其大放异彩；后者则由外省剧院率先演出，尽管成功，影响毕竟有限。于是契诃夫又将剧本交付莫斯科最负盛名的小剧院，然而专门负责审定皇家剧院上演剧目的戏剧文学委员会要求修改第三幕的情节，遭到契诃夫的拒绝，又是莫艺主动接手剧本，并于一八九九年十月搬上舞台，引起轰动。契诃夫就此转向与涅米洛维奇·斯坦尼和聂米洛维奇·丹钦科主持的这家剧院合作。就像他后来在给友人的信中写道："感谢上苍，我在生活的海洋里漂流，最后总算遇到了艺术剧院这样的仙岛。"

一九〇〇年的春天，斯坦尼和丹钦科决定剧院巡演，携带的重点剧目就是《海鸥》和《万尼亚舅舅》。他们一路向南，目的地就是契诃夫所居住的克里米亚半岛最南端的海滨城市雅尔塔。四年前的深秋，《海鸥》折翅于圣彼得堡，使得契诃夫深受打击，加剧了他本来就有的家族性遗传疾病肺结核，健康状况就此一蹶不振，他在一年中的相当一部分时间只得住在温暖湿润的南方。

当时的文坛后起之秀高尔基、普宁以及崭露头角的作曲家拉赫玛尼诺夫也在雅尔塔。就在那次巡演期间,斯坦尼和丹钦科盛情邀请契诃夫和高尔基为莫艺写剧本,于是就有了后来的《三姊妹》和高尔基的《在底层》。

使得契诃夫与莫艺真正合作的还有一层重要关系,当时他正与剧院的主要演员奥尔加·列昂纳尔多芙娜·克尼碧尔处于热恋之中。奥尔加有着日耳曼的血统,出身知识分子家庭,她毕业于莫斯科的音乐戏剧学校,是丹钦科的学生。契诃夫在莫艺排练《海鸥》时与奥尔加相识,对其一见钟情,两人相差十岁,斯坦尼和丹钦科对此乐见其成,都希望他们的婚姻,能把这位作家和剧院紧密地联系在一起。当斯坦尼和丹钦科带着剧院同仁在雅尔塔登门拜访契诃夫的时候,奥尔加已然在以半个女主人的身份招待他们了。她后来在回忆录中写道:"我所熟悉的安·巴·契诃夫是他一生中最后六年的契诃夫,是肉体在逐渐虚弱下去而精神在不断坚强起来的契诃夫……"《三姊妹》的创作印证了这一说法。

二

《三姊妹》是一部"知识分子戏剧"。具有白桦树般纯洁、孤傲和优雅气质的三姊妹,除了母语之外还懂得三四种文字,会弹钢琴,她们随着父亲的部队离开了生活十余年的莫斯科,现在一直住在只有十万人口的外省小城。契诃夫戏剧的特点之一是"多主人公",因此很可以将"三姊妹"视为知识分子的群体象征。当时正在创作剧本的契诃夫给他的恋人奥尔加的信中明确表示,"你们应该解读现代生活,就是那知识分子正亲身体验着的生活"。

展示知识分子的日常生活,挖掘他们在精神和心理层面的"潜流",这与契诃夫在十年前(一八九〇年)的那一次历时八个月、穿越了西伯利亚的上万公里行程的"萨哈林岛(亦即库页岛)之旅"密不可分,那里是俄国最大的流放苦役地,流放者处于社会的最底层。契诃夫之所以会有拖着病弱之躯、写下遗嘱的壮举,原因是多方面的,其中很主要的一个,是他正面临创作的"瓶颈口":一方面是成果累累,功成名就,先后出版了五个中、短篇小说集,又在一八八八年获得帝俄科学院的普希金奖,成为文坛的红人;但是另一方面,契诃夫意识到创作上出现危机。一八八九年十二月《林妖》首次公演遭遇失败,这对他是一个极大的打击。契诃夫认为自己正在经历"一个停滞的时期",他强烈希望扩大自己观察生活的视野。他反思自己的创作:"我干的究竟是正经事呢,还是微末的无聊事?";"写完了好几普特重的纸张,得到过科学院的奖金,过着波将金公爵的那种生活，但没写出一行在我看来真正具有文学意义的东西。"他甚至感到"生活苦闷和忧郁"，感到自己被关在四堵墙里，接触不到大自然，看不到人，见不到祖国，身体又不健康。

萨哈林岛之旅不仅大大强化了契诃夫的同情心，也深化了他对生命价值的认知，更为重要的是使得"这位作家的创作已经转向俄国现实中一个十分紧要的问题，就是知识分子与人民的命运"。契诃夫的两条创作笔记很能说明问题——"我们都是人民，我们所作的最好的一切，也都是人民的事业"，"人民的力量和拯救的希望在于它的知识分子，在于诚实地思考、感受和善于工作的知识分子"。契诃夫最重要的四部戏剧作品都是从萨哈林回来之后创作的：《海鸥》（一八九六年）、《万尼亚舅舅》（一八九六年）、《三姊妹》（一九〇〇年）和《樱桃园》（一九〇三年）。

《三姊妹》的生活素材主要来自两个方面：军人方面的素材来自莫斯科以西六十多公里的县辖小城敖斯克列先斯克，有个炮兵连驻扎在那里，契诃夫的弟弟伊凡在教区唯一的小学主持校务，还在大学读书的契诃夫到了夏天常去那里，结识了不少人，他大学毕业之后又去那里的乡镇医院当医生助理。他仔细观察周围的人，看病的农民，当地驻防的炮兵连的官兵等。知识分子和驻防军官们在那里过着墨守成规的无聊生活，靠闲聊打发日子。契诃夫早在创作剧本《三姊妹》前还曾写过以炮兵团为背景的短篇小说，描写之精准，以至于有的读者误以为作者就是一位现役军官。

而与三姊妹有关的生活及素材更加丰富，契诃夫家兄弟曾先后与五组"三姊妹"有过交往与情感纠葛。最初是与戈登家的三姊妹，她们是皈依了东正教的犹太人，其中的安娜是《观察者》杂志的编辑助理，最小的娜塔莉亚曾与安东·契诃夫热恋过两年，但是她后来又与已经潦倒的大哥亚历山大·契诃夫生活在一起。而在思想上对作家契诃夫影响最大的则是一八八八年他在卢卡度夏时结识的林特瓦列夫家的三姊妹。她们生活在一个具有激进主义思想的地主家庭，大女儿是一名医生，因为脑瘤而完全失明，且患有癫痫，经常头痛不已，契诃夫是这样描述她的："农民们则把她当成一个圣徒……她知道等待她的是什么，她总是以惊人的冷静谈论着自己注定的死亡……就在此时，我面前是盲女子坐在凉台上，谈笑风生，幽默风趣，或者听别人朗读我的《在黄昏》。猛然间，一种奇怪的感觉向我袭来：不是这个女医生要死了，倒是我们竟没有感觉到自己也会死去。"二女儿也是一名医生，打算终身不婚，亚历山大曾想与其结婚，契诃夫获悉后告知兄长"她是一名医生，一个地主；她自由、独立，受过教育，凡事有自己的观点。……但如果没有爱情的话,即便给她一百万卢布,她也不会结婚";三女儿整日里笑声和歌声不断,非常同情农民;长子已婚,因参加激进运动而被软禁;幼子是一位钢琴家,同样受到当局的关注。亦有传记作家认为三姊妹形象的灵感,有一部分来自英国作家勃朗特三姊妹。

他把这两方面从未相遇的人物糅合在一起,他们之间不寻常的关系构成了剧本的背景。

一九〇〇年八月初,契诃夫恋恋不舍地送走了奥尔加,随即投入剧本创作,但是由于疾病和不断有客人来访,契诃夫常有力不从心之感,"已经第六天还是第七天,我待在家里没有出门,因为我一直生着病。发烧,咳嗽,流鼻涕"。在两个月里,契诃夫先给剧院寄去第一幕,然后又寄了第二幕和第三幕。十月中旬剧本完成,下旬契诃夫亲自将第四幕送到莫斯科,这时才给剧本定名《三姊妹》。在此期间,斯坦尼和丹钦科不断给契诃夫写信,央求他尽快写出剧本,甚至喊出了"救救剧院",声称自从《海鸥》和《万尼亚舅舅》获得成功后,剧院没有契诃夫的剧本就维持不下去了。"我们的命运已经操纵在契诃夫的手里了!"据说契诃夫去世之后,斯坦尼和丹钦科为当年这样无情的催逼,深感内疚和懊悔。

契诃夫抵达莫斯科不久,剧院组织了剧本朗读会,岂料读完最后一幕,出现了令人尴尬的沉默,契诃夫依然微笑着,不断咳嗽,随后发言的一些演员表示,搞不清究竟是悲剧还是喜剧;认为这不是剧本,更像是提纲;甚至直言"这戏没法演,没有角色,只有素描!"契诃夫失望地悄悄离开了。

契诃夫希望他的戏剧能成为一面镜子,让底下的观众,从这面镜子里看到自己的精神和生活状态。这也就是契诃夫在与人讨论《三姊妹》时说的话:"我要的只是诚诚恳恳、开诚布公地去告诉人们:看看你们自己吧,你们生活得很糟,很无聊。最重要的就是要叫人们了解,而当他们了解这一点,他们就必然会给自己创造另外一种更好的生活了。我虽然看不见这种生活,但我知道它一定会和现在的生活完全不同,一点也不相像。而在它没有出现之前,我就要一而再、再而三地对人们说:要明白啊,你们现在生活得很糟,很无聊。"契诃夫的这一番感受也包括对自己的大哥亚历山大的现状和死去不久的二哥科里亚的命运结局的感慨,他们都具有很高的艺术天赋,但是在生活中却是放纵无度,自甘堕落,自毁前程,契诃夫对此痛心疾首。

现在回过头去看,这一切多么像三年之后(一九〇三年)莫艺排演契诃夫的绝笔之作《樱桃园》状况的预演。对此，契诃夫曾说过一句不无心酸而又充满幽默的话："从误解开始，以误解结束，这就是我的戏的命运。"这也就不难理解为，《海鸥》在圣彼得堡首演失败之后，契诃夫再也不在第一时间观看自己剧作的首演；这同样可以理解为，契诃夫的剧作真正被人们从心底里头所理解和接受，都是要在首演过了一段时间之后，《三姊妹》是过了三年"观众才逐渐欣赏这部了不起的作品的全部的美"。

一九二五年，《三姊妹》有了出自曹靖华先生之手的第一个中译本。数年之后，有一位二十多岁的年轻人写下这样的读后感：

> 我记起几年前着了迷，沉醉于契诃夫深邃艰深的艺术里，一颗沉重的心怎样为他的戏感动着。读毕了《三姊妹》，我合上眼，眼前展开那一幅秋天的忧郁。玛莎、哀琳娜、奥尔加那三个有大眼睛的姐妹，悲哀地倚在一起，眼里浮起湿润的忧愁，静静地听着窗外远远奏着欢乐的进行曲……我的眼渐为浮起的泪水模糊起来成了一片，再也抬不起头来。然而在这出伟大的戏里没有一点张牙舞爪的穿插，走进走出，是活人，有灵魂的活人。不见一段惊心动魄的场面，结构很平淡，剧情人物也没有

什么起伏生展,却那样抓牢了我的魂魄。我几乎停住了气息,一直昏迷在那悲哀的氛围里。我想再拜一个伟大的老师,低首下气地做一个低劣的学徒。

这位年轻人就是刚以创作《雷雨》而蜚声剧坛的中国话剧作家第一人曹禺先生,此后他的剧作风格发生了明显的转型,创作了具有契诃夫式的诗意与哲理交织的散文式戏剧《日出》《北京人》《家》等。

而《三姊妹》则是在一九三六年首次由"上海女声社"将其搬上中国的舞台。

三

"快到莫斯科去吧,到莫斯科啊!到莫斯科!"这是三姊妹的心声。

在全剧的台词中,"莫斯科"这一地名先后出现了四十一次,与此相关的代名词"故乡"出现三次;此外还多次出现莫斯科的街道名称:如旧巴斯曼那雅街、德国街、红营房、新处女修道院以及莫斯科大学等。就像贝多芬著名的第五交响曲(《命运》)中反复出现的、象征着"命运之神敲门声"的主旋律。

莫斯科承载着契诃夫太多的感受和情感——青少

年时期三年孤身寄人篱下,对于远在莫斯科的亲人的思念与向往;当他终于来到莫斯科上大学时,"我将永远是莫斯科人";晚年因为健康的原因,在医生的要求下,他不得不定居在雅尔塔,但仍一心想要回到莫斯科,"我想念莫斯科,"他在写给索博列夫斯基的信中说,"没有了莫斯科人、莫斯科报纸和我所钟爱的莫斯科教堂的钟声,一切都显得无聊透顶。"尤其在创作《三姊妹》的时候,契诃夫更是思念心上人奥尔加,乃至婚后他在给妻子的信里写道:"我写信并不是为了什么。我只是在等你给我个信号,好让我收拾行装,来莫斯科。'莫斯科!莫斯科!'这些话并非《三姊妹》的老调重弹:它们现在出自一个丈夫之口。"

当然,"莫斯科"在契诃夫的剧本里有着更深的意蕴。

在此不妨将台词中所出现的"莫斯科"在各幕的数据及语境做一分解:

第一幕:万物充满生机的五月天,既是三姊妹的父亲的忌日周年,也是小妹伊里娜的命名日,恰如波罗茨卡娅所言:"在契诃夫的作品情节中兼有告别过去和憧憬未来两种情绪。"这一幕中"莫斯科"出现十五次,故乡出现三次;莫斯科的一些地名基本上都是出现在第一幕。

全剧伊始，就是大姐奥尔加的一大段抒情性的回忆："……可是我记得还很清楚，莫斯科一到五月初，就是现在这个月份，已经什么花都开了，天气也暖和了，到处都是阳光灿烂的了。十一年了！然而我每次回想起来，就仿佛是昨天才离开那儿的。啊！我今天早晨醒了的时候，一看见了一片阳光，一看见了春意，愉快的心情就激荡起来了。我当时多么热切地想回到故乡去啊！"这一段台词既是全剧的情绪基调，也是三姊妹们的最高行动目的。

于是就有了小妹伊里娜具有明确而强烈的行动性的台词："回到莫斯科去，卖了这所房子，结束了这里的一切，动身到莫斯科去！"

三姊妹对于莫斯科难以抑制的热切的向往，在前来报到的炮兵连连长威尔什宁中校上场之后，表现得尤为充分：她们每人都重复问他："你是从莫斯科来的？"而且非常迫切——屠森巴赫对伊里娜说威尔什宁是从莫斯科来的，伊里娜："从莫斯科来的？你是从莫斯科来的？"；紧接着奥尔加上场后，伊里娜介绍威尔什宁是从莫斯科来的，奥尔加还是追问一句"你是从莫斯科来的？"；威尔什宁和三姊妹一起回忆在莫斯科的情景；他们的哥哥安德烈上场了，原先还是郁郁寡欢想要离开的二姐玛莎兴奋地对哥哥说："你想象一下，亚历山大·伊格纳季耶维奇是从莫斯科来的。"但是安德烈的嘴里没有出现"莫斯科",而是带有嘲笑意味地说:"真的?那我可要祝贺祝贺你了,我的妹妹们马上要麻烦得你不得安生。"多么精确!由于威尔什宁的到来,莫斯科在三姊妹的心里变得远在天边但又近在眼前。

第二幕,第三年的一月,谢肉节,在第一幕还是低眉顺眼的娜塔莎已经登堂入室成了三姊妹的嫂子,拥有一双儿女的她以母爱的名义,使得三姊妹与军官们的家庭舞会流产了。这一幕里"莫斯科"出现十九次,在全剧中频率最高,但是其意境与第一幕完全不在一个层面上了,不仅诗意全无,且充满了庸俗性:开场不久的第二个场面,不得志不得意的安德烈与前来送信的耳聋的老听差菲拉朋特一段鸡同鸭讲的对话,想象着自己还能当莫斯科大学的教授,坐在莫斯科的某家大饭店的感觉;菲拉朋特说一则传闻,几个商人在莫斯科吃薄饼,有一个吃了几十张给撑死了。

"莫斯科"这一曾经在三姊妹心目中具有神圣感的字眼,此刻或是带有些许虚幻感:伊里娜用扑克算卦能不能去得了莫斯科。费多季克指出这卦通不了,莫斯科去不成,然后军医契布蒂金插科打诨似的"中国,齐齐哈尔,天花盛行";或是梦呓般地:这一幕结束,伊里娜从奥尔加那里听到安德烈赌钱输了二百卢布,伊里娜孤零零地"快到莫斯科去吧,到莫斯科啊!到莫斯科!"。

而在剧本后半部分,"莫斯科"的出现,呈断崖式下降——

第三幕似乎没有明确的年月及季节的时间,我们只知道伊里娜称自己二十四岁了(她曾在第一幕自报家门二十岁)。"莫斯科"出现了四次,一场几乎席卷全城的大火,三姊妹诗意的憧憬几近枯萎:"莫斯科,我们是永远、永远也去不成了……我看得很清楚,我们是去不成了……""我一直都在希望我们能搬到莫斯科去,希望在那儿能找到一个我所梦想着的、我所爱的人……不幸这都是妄想啊,也无非是妄想啊";在落幕前犹如梦呓般呻吟:"我们得到莫斯科去!世界上再也没有比莫斯科更好的了。"

第四幕已是深秋时节,驻防部队开拔远走,屠森巴赫倒在与"野蛮人"索列尼决斗的枪下。"莫斯科"出现三次——显得百般无奈,"既然我不能到莫斯科去,那也就算了。那是命里注定的。有什么办法呢?"全剧的最后一句与"莫斯科"有关的台词出自大姐奥尔加之口:"没有一样事情是随我们愿望的。我不愿意当校长,可是我当上了。看起来莫斯科我是去不成了。"

白银时代的著名诗人和文艺理论家曼德尔施塔姆曾不无揶揄地说:"在第一幕结束的时候给三姐妹一张

去莫斯科的火车票,不就完了吗?"对此后来的有一评论尖锐地指出:"三姐妹的问题是精神上的萎靡不振,而不是地理上的错位。"

什么是生活的意义?我们为什么生活,为什么痛苦?这是《三姊妹》主题的最基本的内涵。但是契诃夫剧作由于"内涵的多义性和外延的丰富性",因此其主题具有多义性、模糊性的特征,所以能够给我们提供多元解读,这也是契诃夫戏剧的魅力所在。

斯坦尼在排演《三姊妹》时,对于主题思想的表现是俄国知识分子中的庸俗和反对庸俗的两种力量的对立与冲突。他去世之后,丹钦科重排《三姊妹》,将主题直接概括为一句话——"对于美好生活的渴望",亦即"梦想"的主题。此后还有——正在丧失的心灵家园的主题;"我们想变,但是我们改变不了"的"改变"的主题;"知识分子被排出文化圈"的文化与伪文化的主题;对"美"的期待与选择的主题;关于徒劳的等待和没有实现的幻想的主题;对"生活的牢笼"的体悟及"绝望"的主题;表现"知识分子的忧郁的聚会,知识分子在流放中的聚会"的"心灵流放"的主题;"如何挣脱压抑性文化带来的精神桎梏,为内心找到一片诗意的净土,赢得生命存在的真正价值和意义"的"生命压抑"的主题,等等。

上述对《三姊妹》主题的种种解读,相互之间并不排斥，它们只是从不同的角度印证了契诃夫在《三姊妹》的构思笔记中所言，"人将一再迷失方向，寻找目标，焦虑不满，直到找到自己的上帝"。

四

著名作家爱伦堡在《重读契诃夫》中指出，"契诃夫的诗意是另一种：它隐藏在音乐中"。《三姊妹》是契诃夫剧作中写得最美、最富有诗意的一部作品。当她和《樱桃园》进入英国的时候，"博得英国批评家们的奢侈赞美，……这些批评家们著名的英国式'审慎'美德似已荡然无存。《樱桃园》被称为莎士比亚之后的最好剧作，《三姊妹》则被视为举世最佳的一部戏。"

当年高尔基这样表达自己的观感，"这是音乐，不是演戏"。无疑，《三姊妹》是契诃夫剧作中最具有音乐性的——

这不仅体现在剧中人物与音乐的关系：普洛佐罗夫兄妹都会乐器，钢琴或小提琴；第一幕的开场奥尔加回忆起一年前父亲的葬礼上的军乐声和一排一排的枪声；第二幕街上传来的手风琴声音；第四幕中流浪艺人的小提琴和竖琴；全剧最后一个场面，响起军乐队演奏的进行曲，三姊妹依偎在一起，玛莎："听听这个军乐呀！"

奥尔加:"音乐多么高兴,多么愉快呀!"

也不仅仅是第四幕,屠森巴赫死于决斗之前,与伊里娜的对话中那句与音乐有关的最具有诗意和哲理性的台词——伊里娜:"我的心就像一架贵重的钢琴,把钥匙丢了似的,所以就要永远锁着了。"屠森巴赫:"再也没有像这把丢了的钥匙这么刺我的心。"

更在于剧本的结构,著名的俄国文学史家、批评家和文艺学家德·斯·米尔斯基的《俄国文学史》,被纳博科夫誉为"用包括俄语在内的所有语言写就的最好的一部俄国文学史",其所分析的"他所采用的并非叙事结构,更应被称为音乐结构,发明了所谓螺旋形戏剧——同一些事件往复不已,既看不到前进,也看不到倒退,但在螺旋形的行进中还是打开一条路径。采用音乐结构的编剧方法,取代动作发展的结构方法,主题、句子循环往复,就像音乐作品里的主导主题。这些结构线因丰富又柔和的氛围而更显复杂,他营造这种氛围的素材即大量富有情感意义的细节。其效果是诗意的,甚至抒情的,犹如读一首抒情诗"。后来的加拿大人罗什·科岱在他所著的契诃夫传记中一言以概之,契诃夫的戏剧是"音乐组成的基本结构"。

契诃夫以其一贯的幽默口吻说道:"酒和音乐对我来说一直是完美的开瓶器。"颇具戏剧性的是,作为无神论者的契诃夫,他身上的音乐的种子是在其"没有童年的童年"时代，被狂热的宗教信徒的父亲强制参加教堂的唱诗班时种下的。这位农奴之子对于"个体的自由"的理解就是"有可能随时去教堂"，尤其醉心于当地教堂的唱诗班的活动，也不考虑孩子的嗓音如何，强迫命令三个儿子加入唱诗班，两个大孩子唱第一和第二童高音，契诃夫唱童低音，而且经常要练唱到深夜。而契诃夫对于音乐的自觉接受是在他十三岁的时候，他所在的塔甘罗格剧院正在上演奥芬巴赫的《美丽的海伦》，为了约上女孩子混入剧院看戏，契诃夫穿戴上他爸爸的外套、太阳镜以及领带，乔装打扮。那是他第一次观看戏剧，看了好几遍《美丽的海伦》。

曾在斯坦尼执导的《三姊妹》中饰演军官屠森巴赫的后来也成为著名导演的梅耶荷德指出，契诃夫作品的音乐性表现为"剧本很抽象，宛如柴可夫斯基的交响乐"。其实最早从契诃夫的作品中觉察到音乐性的正是包括柴可夫斯基在内的音乐家们，后来当《海鸥》首演失败的时候，契诃夫悲哀地想到了这位年长他二十岁、三年前去世了的音乐大师。另一位比契诃夫年轻十三岁的音乐大师拉赫玛尼诺夫也曾赞叹道："美妙的契诃夫的音乐性。"他们相识于一八九八年秋的一场音乐会，当时契诃夫对这位比他年轻、刚刚崭露头角的音乐家说："你会成为一位大人物。"拉赫玛尼诺夫一生都将这句话铭记于心。契诃夫创作《三姊妹》与拉赫玛尼诺夫创作《第二钢琴协奏曲》都是在一九〇〇年,那时两人也都曾在雅尔塔生活,拉赫玛尼诺夫曾在契诃夫寓所客厅的钢琴上弹奏过。

很多评论家认为,《三姊妹》是最具代表性的契诃夫剧作:"以琐碎衬托集中,以庸俗衬托高贵。从头至尾是阴郁的抒情,是对俄罗斯有文化有理想的人的生存状态的表现。这个戏不需要提示,写状态已经纯粹而流畅。"

其实《三姊妹》在结构的空间和时间的处理上,明显区别于他的其他六部多幕剧,从他写于中学时代的处女作《没有父亲的人》(又名《普拉东诺夫》)到绝笔之作《樱桃园》——

在空间背景上,《樱桃园》等六部剧作均是处于城外的某处庄园;唯有《三姊妹》的剧情发生是在城里。

在时间跨度上,《海鸥》和《伊凡诺夫》分别间隔两年和一年,《樱桃园》等四部剧作都是发生在当年,而《三姊妹》中的人物前后经历了四年。

这一时空的构思的特点正是要表现出,三个优雅的知识女性在一座"没有一个人懂得音乐"的死气沉沉的小城里的生活与处境,她们在"散文战胜诗、庸俗战胜美"的过程中,细腻而紧张的心理活动,这是一个想要"改变"却因自身的软弱而无力改变的过程,也是一个想要出走最终却无法离开的过程，又是一个将"奴性从自己身上一点一滴挤出去"的艰难而痛苦的过程。即是如此，三姊妹仍然坚守着善良的品德和美的信念："多么愉快、活泼的音乐啊，叫人多么渴望着活下去呀！……我们现在的苦痛，一定会化为后代人们的愉快的；幸福与和平，会在大地上普遍建立起来的。……音乐多么高兴，多么愉快呀！"

于是，我们仿佛听到了从很远的地方传来的呼唤声——"快到莫斯科去吧，到莫斯科啊！到莫斯科！"……

三姊妹

四幕正剧

一九〇〇年

人物表

普洛佐罗夫,安德烈·谢尔盖耶维奇。

娜达里雅·伊凡诺夫娜(娜达莎)——他的未婚妻;后来,他的太太。

奥尔加
玛 莎 } 普洛佐罗夫的三个妹妹。
伊里娜

库利根,费多尔·伊里奇——中学教员,玛莎的丈夫。

威尔什宁,亚历山大·伊格纳季耶维奇——中校,炮兵连长。

屠森巴赫,尼古拉·里沃维奇男爵——中尉。

索列尼,瓦西里·瓦西里耶维奇——上尉。

契布蒂金,伊凡·罗曼诺维奇——军医。

费多季克,阿列克塞·彼特罗维奇——少尉。

洛迭,弗拉基米尔·卡尔罗维奇——少尉。

费拉彭特——地方自治会议的老年守卫。

安菲萨——八十岁的老乳母。

故事发生在外省的一个城市。

第一幕

普洛佐罗夫家里。一间带圆柱子的客厅,隔着柱子可以看见一间宽大的餐厅。中午。出着太阳,户外天气宜人。餐厅里,桌上已经准备好开饭的餐具。奥尔加穿着蓝色的女子中学教员制服,走来走去地在改着学生们的练习簿,有时候站住一下。玛莎穿着黑衣服,帽子放在膝盖上,坐在那里读着一本书;伊里娜穿着白衣服,站着,在沉思。

奥尔加　父亲死了整整一年了,伊里娜,就在今天,五月五日,你的命名日。那天很冷,下着雪。我难受得简直要活不下去了。你呢,昏迷不醒地躺在那里,像一个死人似的。可是现在过了这一年,我们回想起那回事来,心里也不太难过了,你也已经穿上了白衣裳[1],满脸容光焕发了。

〔挂钟打十二点。

那个时候，钟也正打着。

〔停顿。

我记得，大家送父亲下葬的时候，奏着军乐，坟地里连连放着一排一排的枪。他虽然是一位将官，一位旅长，可是下葬的时候，人很少。再加上那天下着雨。倾盆的大雨，还下着雪。

伊里娜 回忆这些个有什么用啊！

〔圆柱子后边，屠森巴赫男爵，契布蒂金和索列尼，出现在餐厅的桌子旁边。

奥尔加 今天天气暖和，可以把窗子全都打开，可是桦树到这时候还没有长叶子。爸爸被委派到这儿来当旅长之后，就带着我们离开了莫斯科。离现在已经十一年了，可是我记得还很清楚，莫斯科一到五月初，就是现在这个月份，已经什么花都开了，天气也暖和了，到处都是阳光灿烂的了。[2] 十一年了！然而我每次回想起来，就仿佛是昨天才离开那儿的。啊！我今天早晨醒了的时候，一看见了一片阳光，一看见了春意，愉快的心情就激荡起来了。我当时多么热切地想回到故乡去啊！

---

1 欧洲风俗：挂孝穿黑色；在喜、寿、节日，或者正式的宴会里，一般是要穿白色的。（脚注如无特别注明，均为译者注。）
2 莫斯科和欧洲北部一样，冬天总是轻易见不到阳光的，一到四月，天气就晴和起来，阳光令人觉得炫目。

契布蒂金　你这些话可真古怪!

屠森巴赫　当然都是糊涂话喽!

　　[玛莎,满脸沉思的神色,眼睛凝视着书本,用口哨轻轻地吹着歌子。

奥尔加　不要吹口哨,玛莎。你怎么能够这样呢!

　　[停顿。

　　我因为每天都得到中学去,然后还要教课教到天晚,所以我的头经常是疼的,而且,我好像是已经衰老了似的,脑力也不够了。实际上,在学校里教过了这四年的书,我也的确觉得自己的精力和青春,是在一天一天地、一点一点地消失着。没有消灭,而且越来越强烈的,只剩下唯一的一个梦想了……

伊里娜　回到莫斯科。卖了这所房子,结束了这里的一切,动身到莫斯科去……

奥尔加　对了! 而且要赶快去。

　　[契布蒂金和屠森巴赫大笑。

伊里娜　安德烈将来一定是要当教授的,他反正早晚也不会住在这儿。只是,在可怜的玛莎,这就有点困难了。

奥尔加　玛莎可以每年到莫斯科去过一次夏天哪。

　　[玛莎极轻地吹着口哨。

伊里娜　只要上帝保佑,一切都会想得出办法来的。(向窗外望)今天天气多好哇。我心里这么松快,连我自己都说不出来是为什么！今天早晨，我一想起今儿个是我的命名日，于是我小的时候、妈妈还活着的情景，就都回想起来了，突然间，我就觉得愉快极了。我心里激荡着一些多么美妙的思想，多么美妙的思想啊！

奥尔加　像你今天这样精神焕发，看上去比平常更美丽了。玛莎也很美。安德烈本来该是很好看的，可惜他长得太胖了，这对他很不相称。只有我，老了很多，也瘦得很厉害。这都是总跟学生们生气的关系。你看，我今天一待在家里，清闲一天，头也就不疼了，自己也觉着比昨天年轻了。我才二十八岁……一切也都好。自然什么都是由上帝给我们决定的，不过我想假如我早就结了婚，整天待在家里的话，恐怕还要好得多啊。

　　〔停顿。

我一定会爱我的丈夫。

屠森巴赫　（向索列尼）我懒得再听你这些没有意思的话了！（走进客厅来）我忘记告诉你们了，我们炮兵连的新连长，威尔什宁，今天要来拜访你们。（坐在钢琴前边）

奥尔加　就请来吧，那我是非常高兴的。

伊里娜　他是个上年纪的人吗？

屠森巴赫　不，年纪也不能算太大。四十，至多也不过四十五。(轻轻地弹起钢琴来)据我看,是个正派人。不笨,这倒是一定的。就是话说得太多。

伊里娜　是个有趣味的人吗?

屠森巴赫　是,也还好。只是,他家里有太太、岳母和两个小女孩。他这是第二次结婚。他到处拜客,到处告诉人家,说他有一个太太,两个小女孩子。这他也会跟你们说的。他的太太简直是个疯子;梳着一条小姑娘似的长辫子,说话尽喜欢用夸张的字眼儿,只会成天高谈阔论,而且时常闹自杀,当然是成心要给她丈夫添烦恼的。要是我呀,像这样的女人,我老早就把她丢开了。可是他呢,他却忍受着,也不过诉两句苦就算了。

索列尼　(和契布蒂金走进客厅来)我一只手只能举二十五普特,两只手就能举八十甚至到九十五普特。因此我得出一个结论:两个人的力量,不仅仅是一个人的一倍,应该是两倍,甚至还要多……

契布蒂金　(一边走着一边看报纸)防止掉头发……半升酒精,滴上两钱石脑油精……溶化了每天擦……(记在他的笔记本里)我把它记下来。(向索列尼)喂,你听着,你拿一个带小玻璃管儿的瓶塞子,把瓶子口塞住……然后再捏一撮随便什么极普通的明矾……

伊里娜　伊凡·罗曼诺维奇,亲爱的伊凡·罗曼诺维奇!

契布蒂金　什么事呀，我的小女儿，叫人看着都痛快的孩子？

伊里娜　告诉告诉我，我今天为什么这样快活呀？我就像坐在一只张满了帆的船上，头上顶着一片辽阔的、碧蓝的天空，盘旋着许多巨大的白鸟似的。这是为什么呢？告诉我，为什么？

契布蒂金　（温柔地吻吻她的双手）我的美丽的白鸟啊……

伊里娜　今天早晨，我醒了起来，一洗好了脸，就忽然觉得把世上的事情都看清楚了，我觉得自己懂得了应该怎样去生活了。亲爱的伊凡·罗曼诺维奇，现在我什么都懂了。所有的人，无论他是谁，都应当工作，都应当自己流汗去求生活——只有这样，他的生命，他的幸福，他的兴奋，才有意义和目的。做一个工人，天不亮就起来到大路上砸石头去；或者，做一个牧羊人，或者做一个教儿童的小学教师，或者做一个开火车头的，那可都够多么快活呀……哎呀！不必说做人了，就是只做一头牛或者做一匹无知的马，然而工作，也比做一个十二点才醒，坐在床上喝咖啡，然后再花上两个钟头穿衣裳的年轻女人强啊……啊！那可多么可怕呀！这种想去工作的欲望，在我心里急切得就如同在极热的天气里想喝一口水似的。伊凡·罗曼尼奇，以后我如果不早早起来去工作，你就跟我绝交好了。

契布蒂金 （温柔地）那我就跟你绝交，当然就要跟你绝交了……

奥尔加 父亲从前把我们管教得七点钟起床成了习惯。现在呢，伊里娜睡到七点钟才醒，还得躺在床上想一堆心思，至少得躺到九点。你看她的神气有多么严肃！（笑）

伊里娜 你拿我当小孩子待惯了，所以一看见我的脸色严肃，就觉得奇怪。可我已经二十岁了！

屠森巴赫 向往工作的心情，啊，这我可真能体会呀！我一辈子也没有工作过。我生在彼得堡，生在一个冷酷的、游手好闲的城市，又是生长在一个不知工作为何物、不懂得任何艰难困苦的家庭里。我还记得，每逢我从士官学校回家，跟班的给我脱靴子的时候，我总是成心和他为难，可是我的母亲还在旁边看得扬扬得意，把我欣赏得心里发昏，要是看见别人对我不像她那样，她就觉得惊讶。家里连一点点费力气的事情，都提防着不叫我做。可是他们成功了吗，我怀疑！冰山上的大块积雪向着我们崩溃下来的时代到了，一场强有力的、扫清一切的暴风雨，已经降临了；它正来着，它已经逼近了，不久，它就要把我们社会里的懒惰、冷漠、厌恶工作和腐臭了的烦闷，一齐都给扫光的。我要去工作，再过二十五年或者三十年,每个人就都要非工作不可了。每一个人!

契布蒂金　我,就不。

屠森巴赫　你原本就不能算数。

索列尼　再过二十五年哪,感谢上帝,你已经不在人间了。说不定两三年以后,你就许一下子中风死了呢,也许,说不定我一发起火来,就给你脑袋里装进颗子弹去呢,我的天使。(从口袋里掏出一瓶香水来,往胸上和手上洒)

契布蒂金　(笑着)我从来什么也没有做过,这倒是真的。我自从大学毕业,这十个手指头,就没有动过一动。除了报纸,我从来什么也没有看过,连一本书也没有读过……(从口袋里又掏出一份报纸来)你看……比如说,我从报上知道有过那么一位叫作杜勃罗留波夫的。可是他写过什么书,我连一点也不知道……可又有谁知道呢……

　　[地板上传出楼下有人敲叩声。

听……楼下叫我了,有人找我来了。我马上就回来……等一会儿……(一边梳着下髯,仓促地走出去)

伊里娜　说不定他心里又忽然想起个什么念头呢。

屠森巴赫　对了。他是带着一副得意的神气出去的,他一定是要送给你一件礼物。

伊里娜　那可真没意思极了!

奥尔加　是呀,那可讨厌。没意思的事情他可做过不只一件了。

玛莎　"海岸上,生长着一棵橡树,绿叶丛丛……树上系着一条金链子,亮铮铮……"[1]一条金链子……（低唱着站起来）

奥尔加　玛莎,你今天不大高兴啊。

　　［玛莎仍然低唱着,戴上帽子。

你要到哪儿去?

玛莎　回家。

伊里娜　多奇怪呀……

屠森巴赫　妹妹的命名日,反倒走开了!

玛莎　有什么关系呢……我晚上再来。再见了,我的亲爱的……（吻伊里娜）我再说一次,祝你健康,并且幸福。从前爸爸在世的时候,我们每逢过命名日,家里总要来三四十位军官,那多热闹啊!可是今天呢,人只有一个半个的,冷清得和在沙漠里一样……我走啦……我今天心里烦得慌,我难受,所以我的话你可不要上心里去!（含着眼泪在微笑）我们过些时候再谈吧,我离开你了,亲爱的,我走啦。到哪儿去呢? 我一点也不知道。

1　普希金长诗《鲁斯兰和柳德米拉》中的诗句。

伊里娜 （不满意地）咳，就看看你……

奥尔加 （眼里流着泪）我了解你，玛莎。

索列尼 如果是一个男人在高谈哲学，那多少总还有点哲学的或者诡辩论的意思；然而，如果是一个女人或者两个女人掺和进来高谈哲学，那简直就是睁着眼说梦话。

玛莎 你这话是什么意思，你这个可怕的人？

索列尼 没有一点意思。"他还没有来得及'哎哟'一声呢，熊已经扑到他的身上了。"[1]

〔停顿。

玛莎 （憋着气，向奥尔加）不要嚎了！

〔安非萨和托着一块蛋糕的费拉彭特上。

安非萨 这儿，我的好费拉彭特。进来吧，我想你的靴子是挺干净的。（向伊里娜）地方自治会议的米哈伊尔·伊凡诺维奇·普罗托波波夫派来的……送给你这份蛋糕。

伊里娜 谢谢。说我谢谢他。（接过蛋糕来）

费拉彭特 什么？

伊里娜 （提高了声音）说我谢谢他！

奥尔加 奶妈，给他一点点心吃。去吧，费拉彭特，跟她吃点点心去吧。

---

1 出自《克雷洛夫寓言》。

费拉彭特 什么?

安非萨 咱们走吧,费拉彭特·斯皮里多诺维奇。咱们走吧,我的好……(和费拉彭特下)

玛莎 这个普罗托波波夫,我可不喜欢他,这个米哈伊尔·波塔波维奇,也许是伊凡诺维奇,我记不清了。我们不应该邀请他。

伊里娜 我没有请他。

玛莎 那你做得很对。

　　[契布蒂金上,后边跟着一个勤务兵,端着一把银茶炉;一片惊讶和不满意的喧嚣声。

奥尔加 (两手蒙着脸)一把茶炉!多么可怕呀!(走进餐厅,走到桌子旁边)

伊里娜 伊凡·罗曼诺维奇,我的亲爱的,你这叫干什么呀!

屠森巴赫 (笑着)我早就跟你说过了吧!

玛莎 伊凡·罗曼诺维奇,你真是一点也不怕难为情!

契布蒂金 我的亲爱的、亲爱的孩子们,我只有你们啦,在这个世界上,只有你们是我最珍贵的啦。我快六十岁了,我不过是一个老废物,一个孤孤单单的、可怜的老头子……我没有一点好处,要有呢,也只是心里对你们这一点点的爱了。不是为了你们,我老早就不在这世上了……(向伊里娜)我的亲爱的小姑娘,我是看着你生下来的……我怀里抱过你……我爱过你死去的母亲……

伊里娜　可是为什么要这样乱破费呢?

契布蒂金　（生了气，含着泪的声音）乱破费……哼，去你们的吧！（向他的勤务兵）把茶炉放到那儿去……（嘲弄的调子）乱破费！

　　〔勤务兵把茶炉送进餐厅。

安非萨　（横穿过客厅）亲爱的姑娘们，来了一位军官，是个生人……他已经脱了大衣了，姑娘们，他走过来了。伊里努什卡，你可得跟他和和气气、客客气气的……（往外走着）老早就该吃早饭了……咳！哎呀！……

屠森巴赫　这恐怕就是威尔什宁。

　　〔威尔什宁上。

威尔什宁中校！

威尔什宁　（向玛莎和伊里娜）请让我自己介绍介绍吧：威尔什宁。我终于又看见了你们，真是非常的、非常的高兴啊。不过，你们都长得够大了啊！哎呀！哎呀！

伊里娜　请坐吧！我们见着你也都很高兴。

威尔什宁　（高兴地）我多么高兴啊，多么高兴啊！可说你们是姊妹三个吧？我记得——是三个小姑娘嘛。你们的模样儿我想不起来了，可是你们的父亲，普洛佐罗夫上校，有三个小女孩，我是亲眼看见过的，所以我记得还很清楚,日子过得可真快呀!啊!哎呀,日子过得可多快呀!

屠森巴赫 亚历山大·伊格纳季耶维奇是从莫斯科来的。

伊里娜 从莫斯科来的?你是从莫斯科来的?

威尔什宁 是的。你们去世的父亲从前在那里作炮兵连长,我在同一个旅里当过军官。(向玛莎)你,我现在仿佛有点想得起来了。

玛莎 我可想不起你来了。

伊里娜 奥里雅!奥里雅!(向餐厅里叫)奥里雅,来呀!

〔奥尔加从餐厅走到客厅来。

你知道,奥尔加,威尔什宁中校是从莫斯科来的。

威尔什宁 这么说,你就是奥尔加·谢尔盖耶夫娜,最大的了……你呢,是玛丽雅……你呢,伊里娜,是最小的……

奥尔加 你是从莫斯科来的吗?

威尔什宁 对了。我是在莫斯科读的书,也是在那儿开始做的事。我在那儿服务了很多年,最后,被派到这里来作炮兵连长——于是,像你们所看见的,我就到了这里了。说实话,你们的样子我是一点也记不得了,我只知道你们是三姊妹。你们的父亲,我可照旧记得很清楚,你们看,只要我一闭上眼睛,就能又看见他，就跟站在我的面前一样。从前在莫斯科，我时常到你们家里去……

奥尔加　我本来认为自己是谁的名字都记得的，可是现在怎么……

威尔什宁　我叫亚历山大·伊格纳季耶维奇。

伊里娜　亚历山大·伊格纳季耶维奇，你是从莫斯科来的……多么叫人料想不到的高兴呀！

奥尔加　我们就要回到那儿去了，你知道吗？

伊里娜　我们想秋天能到那儿。那是我们的故乡，我们都是生在那儿的……生在旧巴斯曼那雅街。

　　　〔她们两个人都愉快地笑了起来。

玛莎　看见了一个故乡的人，真是意想不到的高兴啊！（急速地）啊，我现在想起来了。你还记得吗，奥尔加，我们家里时常提起的那个"多情的少校"？你那时候是中尉，正爱着一个人。也不知道为什么，大家口口声声都叫你少校，来和你开玩笑……

威尔什宁　（笑着）是呀，是呀……多情的少校，一点也不错……

玛莎　那时候你只有两撇小胡子……啊！你可老了不少了哇！（含着眼泪）你可老了不少了哇！

威尔什宁　是呀，大家叫我多情的少校的时候，我正年轻，也正在恋爱。现在呢，可就再也不是那个样子了。

奥尔加　可是你连一根白头发还没有呢。你只是见老，可还没有真老。

威尔什宁　究竟已经是四十三了。你们离开莫斯科很久了吗？

伊里娜　十一年了。可是，你怎么哭啦，玛莎，你这个古怪的孩子？……（自己也含着泪）我也要哭了……

玛莎　没有什么。你住的是哪条街呀？

威尔什宁　旧巴斯曼那雅街。

奥尔加　我们也住在那儿……

威尔什宁　我在德国街住过一些时候。我每天从那里走到红营房。半路上，有一座样子很凄凉的小桥，桥底下的水哗哗地流。那叫一个寂寞的人听着，心里真感到万分的悲伤啊。

　　［停顿。

然而，你们这里的这条河，却是多么宽阔，多么美丽呀！多么绮丽的一条河呀！

奥尔加　这是真的，不过天气太冷。这里天气太冷，又有蚊子……

威尔什宁　哪里呀！你们这里的气候又好，又适于健康，是一种真正斯拉夫国度的气候。有森林，有河……还有桦树。这种可爱的、朴实的桦树啊，所有的树里，我是最爱桦树的。住在这里可真舒服啊。只有一样,我觉着奇怪,就是火车站离着这里会有二十里远……谁也不知道这是为什么。

索列尼 我知道。

〔大家都转过头来看他。

因为呀,车站假如离着这儿很近的话,它就不会有这么远,它既然离着这儿远,那就是因为它不很近。

〔发窘的沉默。

屠森巴赫 瓦西里·瓦西里耶维奇是个不动声色的诙谐家。

奥尔加 我现在也想起你来了。我想起来了。

威尔什宁 我认识你的母亲。

契布蒂金 她真是一个贤惠的女人哪,愿她在天国安息吧。

伊里娜 妈妈是葬在莫斯科的。

奥尔加 葬在新处女修道院……

玛莎 你们会相信吗,我已经把她的模样儿都有点忘了。所以将来我们也会叫别人忘记的……人们会忘记我们的。

威尔什宁 是啊。人们会忘记我们的。没有一点办法啊,我们的命运就是这样。现在我们认为严肃的、有意义的、最重要的,将来有一天,也都会被人遗忘,或者都会被认为是丝毫无关紧要的。

〔停顿。

有趣的是，我们现在绝对说不出将来什么会被认为是高贵的、重要的，或者，相反地，什么又会被认为是可怜的、可笑的。我们就拿哥白尼或者哥伦布的发现来说吧，最初大家不也认为它们是无用的、可笑的，而同时认为一些自作聪明者的荒谬著作，讲的却是真理吗？所以，可能是，我们这样的生活，我们现在过得这么习惯的生活，将来总有一天会显得是古怪的、不舒服的、不聪明的、不够纯洁的，也许甚至是有罪的⋯⋯

屠森巴赫　那谁说得定呢？也许将来人们会发现我们的生活是伟大的，而且一提起来就肃然起敬呢？我们现在这个时代，酷刑和残杀已经没有了，也没有外敌的侵袭了，然而，照旧又有多少痛苦的事啊！

索列尼　（尖声地）嘘，嘘，嘘⋯⋯就光叫男爵大谈哲学好啦，就用不着吃饭啦。

屠森巴赫　瓦西里·瓦西里耶维奇，我请你让我安静一会儿⋯⋯（换到另外一个座位上去）这有点叫人讨厌，说真的。

索列尼　（尖声地）嘘，嘘，嘘⋯⋯

屠森巴赫　（向威尔什宁）然而我们现在所受的这些痛苦——真是够多的啦！——却也说明社会的精神水准已经有了相当大的提高了⋯⋯

威尔什宁　是呀，那自然是。

契布蒂金　男爵，你刚才说，将来有一天人们会发现我们的生活伟大；可是无论如何，人总是渺小的呀……（站起来）就看看我有多么渺小吧。要说我的生活伟大，那很显然只是一种安慰罢了。

　　　［后台拉小提琴的声音。

玛莎　这是我们哥哥，安德烈在拉提琴。

伊里娜　我们的安德烈是很有学问的。他将来要当教授。爸爸当初作军人；儿子呢，却一心一意想过研究学问的生活。

玛莎　这是父亲的心愿。

奥尔加　我们今天还取笑了他一顿呢。看样子他有一点在恋爱。

伊里娜　爱上了这城里的一位姑娘。她今天准会到我们家来。

玛莎　啊！你们可真没看见她是怎样打扮的哪！也并不是丑，也并不是式样过时，简直就是恶劣。一种古古怪怪、颜色刺眼的、黄乎乎的裙子，镶着俗气的穗子，可是呢，又配上一件红上衫。两片嘴巴子擦得红了又红，红了又红！要说安德烈会爱上她，我可不能承认，安德烈多少总懂得些趣味的。我想他这只是为了开开心，为了耍弄耍弄我们的。我昨天听说她要嫁给普罗托波波夫，我们市自治会议的主席。再好也没有了……（走到旁边的门口，喊）安德烈,到这儿来!亲爱的,只来一小会儿!

〔安德烈上。

奥尔加 我的哥哥,安德烈·谢尔盖耶维奇。

威尔什宁 威尔什宁。

安德烈 普洛佐罗夫。(擦他流满了汗珠的脸)你是炮兵连的连长吗?

奥尔加 你想象一下,亚历山大·伊格纳季耶维奇是从莫斯科来的。

安德烈 真的?那我可得祝贺祝贺你,我的妹妹们马上就会麻烦得你不得安生。

威尔什宁 麻烦了她们的,倒是我呀。

伊里娜 看看安德烈今天送给我一个多么漂亮的镜框!(把镜框拿给威尔什宁看)是他亲手做的。

威尔什宁 (看着镜框,不知道应该说什么才好)真是……这确实是……

伊里娜 还有在钢琴上放着的那个,也是他做的!

〔安德烈挥了挥手,慢慢走开。

奥尔加 他有学问,他会拉小提琴,他又会雕刻各种各样的小东西,一句话,他哪方面都能干。安德烈,不要走!他永远是这种样子——总要想法子溜走。过来!

〔玛莎和伊里娜两个人一齐挽住他的胳膊,笑着把他扯回来。

玛莎　来呀，过来！

安德烈　放开我，我求求你们！

玛莎　看他多么没有道理！当初大家都管亚历山大·伊格纳季耶维奇叫多情的少校，看看人家，就没有生过气。

威尔什宁　一点也没有！

玛莎　我倒要管你叫多情的提琴家呢！

伊里娜　或者多情的教授！

奥尔加　他在恋爱！安德留沙在恋爱呢！

伊里娜　（拍着手）好哇！好哇！再来一遍！安德留沙在恋爱啦！

契布蒂金　（走到安德烈背后，两只胳膊突然搂住他的腰）大自然就是为了叫我们恋爱才生出我们来的呀！（哈哈大笑，他始终没有放开他的报纸）

安德烈　咳，算了吧，够了……（擦自己的脸）我整夜都没有合眼，所以今天就像俗话所说的，我的精神不佳。我看书看到了早晨四点，才躺到床上，可是照样没有用。千万种思想在我的脑子里转，一转眼工夫已经天亮、太阳照满我的卧房了。我打算利用还住在这儿的这一夏天，翻译一本英文书。

威尔什宁　你会英文吗？

安德烈　会。我们的父亲——愿他在天国安息吧！——当初一个劲儿给我们填知识，我们好苦恼哇。那真可笑，真愚蠢，同时，我们必须承认，他死了以后，我就慢慢胖起来了，你们看，才一年工夫，我已经恢复了健康，就仿佛我的身体，从一直压在上边的一个重荷之下解脱了出来似的。感谢我的父亲，我的妹妹们和我，我们都懂得法文、德文和英文。伊里娜另外还会意大利文。然而，这可叫我们付过多大的代价啊！

玛莎　住在这个城里，懂得三国语言，是一种不必要的奢侈！我甚至要说，这正和手上长了个第六指一样没有用处，是一个累赘。我们懂得太多了！

威尔什宁　这叫什么话呢！（笑）你们懂得太多了！我认为，有知识的、受过教育的人，无论住在哪个城市，也无论那个城市有多么冷落，多么阴沉，都不是多余的！我们就拿这座城市来说吧，住在这里的十万人口，当然都是没有文化的、落后的，我们也承认这里边只有三个像你们这样的人。周围广大老百姓的愚昧，你们克服不了，那也是很自然的事。而且，在你们一生的过程中，你们还会不得不连连不断地让步，你们也会迷失在这十万居民的人群当中，生活也会把你们埋没了。但是，你们依然不会完全消灭，你们不会不产生影响。也许继你们之后，又会出现六个像你们这样的人，再以后，又出现十二个，如此以往，总有一天，像你们这样的人终于形成了大多数。两三百年以后,世界上的生活,一定会是无限美丽、十分惊人的。人类确是需要那样的生活,那么,既然那种生活现在还没有出现,我们就应当具有先见之明,就应当期望它,梦想它,为它去作准备;因此,我们就应当比我们的父亲和祖先们看得更多,懂得更多。(笑)可是你却埋怨自己懂得太多了。

玛莎 (摘下她的帽子来)我留下来吃中饭了。

伊里娜 (叹了一口气)真的,这些话可真都应该写下来……

〔安德烈已经神不知鬼不觉地溜走了。

屠森巴赫 你说,再过许多许多年,世上的生活会是美丽的、叫人惊奇的。这话很对。但是,为了从现在就参加那种生活,无论那种日子有多么遥远,一个人都应当从现在起就给它作准备,就应当去工作……

威尔什宁 (站起来)是啊。吓,看看你们这儿有多少花呀!(往四下里看)屋子又收拾得多么舒服呀!我真羡慕你们!我这一生,都是在一处一处窄小的住房里拖过来的,永远只有两把椅子,一张沙发,和一些冒烟的火炉子。我这一生里所缺少的,正是这样的花朵啊。(搓着两手)啊!不过,想这些可有什么用呢!

屠森巴赫　是啊，我们应当工作。你听我说这个话，心里一定想：看看我们这个德国人，又感情冲动起来了。但是，我跟你说真话，我是俄国人，我连一句德国话都不会说。我父亲信奉的是正教……

〔停顿。

威尔什宁　（跨着大步子在台上走着）我常常这样梦想：假如一个人能够重新开始一次生活，而这次生活又是很审慎的，结果又会怎样呢！万一这两种生活的第一种，就是那个已经经历过的生活，是一种我们平常所说的草稿，而第二种生活又不过是第一种的一个精致些的复本，那可又怎么办呢！因此，我认为我们每一个人都应当首先努力不要重蹈覆辙，至少也要为生活创造一个不同的环境；应当布置出像你们这样的房子，满是花朵和光亮……我有一个太太和两个小女孩子；可是我太太的身体很不结实，还有其他的情形。所以嘛，假定我的生活非重新开始不可的话，我是不结婚的了……啊，不了！

〔库利根穿着中学教员制服上。

库利根　（走到伊里娜面前）我亲爱的妹妹，让我为你的命名日道贺，让我诚心诚意地祝你健康，祝你得到像你这样年龄的姑娘所该得到的一切。再让我把这本小书送给你，作为礼物。（递给她一本书）这是我们中学近五十年来的历史。是我写的。毫无价值的一本小书，是我闲着没事的时候写的，不过你究竟还是可以读一读。先生太太们，早安！（向威尔什宁）库利根，本城的中学教员，七等文官。（向伊里娜）在那本书里，有一份人名录，凡是最近五十年从我们中学毕业的人，名字都列在里边了。Feci, quod Potui, faciant meliora potentes.[1]（吻玛莎）

伊里娜 可是，这本书你已经在复活节送过我一回了。

库利根 （笑着）不可能吧！既然如此，就把它还给我吧，或者，最好送给上校吧。请收下它吧，上校。留着你赶上哪天烦闷的时候读着消遣消遣。

威尔什宁 谢谢你（正要告辞），我认识了你们，真是高兴极了……

奥尔加 你要走吗？不要走，不要走！

伊里娜 我们请你留下一同吃中饭。请一定留下来吧。

奥尔加 请一定留下吧！

威尔什宁 （鞠躬）我相信我今天是凑巧赶上了你们的一个命名日。原谅我吧，我事先不知道，所以没有向你们道贺……（和奥尔加走进餐厅）

库利根 亲爱的朋友们，今天是星期天，休息的日子。

---

[1] 拉丁语，我是尽了我的能力写的，要写得更好，只有等更有能力的人了。

所以我们每个人都要休息休息，都要按照各人自己的年龄和情况来散散心。这些地毯可都应当收起来，等到冬天再用啦……不要忘记撒上波斯粉[1]或者樟脑精……罗马人身体之所以那样强壮，就是因为他们懂得如何工作，也懂得如何休息。他们有一句话，mens sana in corpore sano[2]。他们的生活，是遵照着确定的方式进行的。我们中学校长说，方式是任何种生活里边最主要的东西……凡是丧失方式的，就停止存在——这在我们日常生活里边，也是一样的道理。(笑着揽住玛莎的腰)玛莎爱我。我的太太爱我。还有这些窗帘，也该和地毯一同收起来了……我今天快活，我觉得精神非常畅快。玛莎，我们下午四点就得到校长家。学校为教员们和家属们组织了一次游览会。

玛莎 我不去。

库利根 (痛心地)玛莎，我的亲爱的，那是为什么呢？

玛莎 这我以后再跟你说……(用一个生气的调子)好吧，我去，只求你不要再打扰我……(走开)

库利根 然后，咱们再到校长家里去参加晚会。他虽然身体不太健康，却总要首先尽力做到是个社会上的

---

[1] 即杀虫粉。
[2] 拉丁语，健全的精神，在于健全的身体。

人物。他是一个极其光辉的人物。真叫人钦佩。昨天,会议开完之后,他对我说:"我累了,费多尔·伊里奇,累得很啊。"(看看墙上的挂钟,再看看自己的表)你们的钟快七分。"是的,"他说,"我累得很啊。"

　　[后台传来小提琴的声音。

奥尔加　先生太太们,请吧,请入座吃中饭吧。这儿还预备了一份好吃的蛋糕!

库利根　啊!奥尔加,我的亲爱的!我亲爱的好奥尔加!昨天我一直工作到夜里十一点,累极了,然而今天我却觉得快活!(进了餐厅,向桌子走去)我的亲爱的奥尔加呀……

契布蒂金　(把报纸揣进口袋,梳自己的下髯)蛋糕?这妙极了!

玛莎　(向契布蒂金,严厉地)只是,你得记住:今天不能喝酒!你听见我的话了吗?那对于你的健康是有害的。

契布蒂金　咳,算了吧,那都是过去的事了。我已经两年没有醉过了。(不能忍耐地)而且,你说说,我的好孩子,这可又有什么关系呢?

玛莎　无论怎样,你也是不能喝酒的。看你敢喝!(用一种生气的调子,但是说得不叫她丈夫听见)啊!下地狱的,又得在那个校长家里,整整闷气一晚上!

屠森巴赫 我要是你,就不去……这很简单嘛。

契布蒂金 不要去了,我的亲爱的。

玛莎 不要去……咳!……这种可恨的、叫人不能忍受的生活呀……(走进餐厅)

契布蒂金 (向她走去)算啦,算啦!……

索列尼 (向餐厅走去)嘘,嘘,嘘……

屠森巴赫 打住吧,瓦西里·瓦西里耶维奇!这足够了!

索列尼 嘘,嘘,嘘……

库利根 (高兴地)祝你健康,上校!我是一个教员,这儿就跟我自己的家里一样。我是玛莎的丈夫……她很贤惠,非常贤惠……

威尔什宁 我要喝点这种深颜色的酒……(喝酒)祝你们健康!(向奥尔加)我在你们家里觉得多么快乐呀!

〔只有伊里娜和屠森巴赫还留在客厅里。

伊里娜 玛莎今天心情很不好。她在十八岁结婚的时候,认为她的丈夫是男人当中最聪明的。现在可就不对了。他确是一个最好的男人,然而并不是最聪明的。

奥尔加 (不耐烦地)安德烈,你到底还来不来呀!

安德烈 (在后台)我马上就来。(上,走过去坐在桌边)

屠森巴赫 你在想什么?

伊里娜 什么也没有想。我不喜欢你们这个索列尼,我怕他。他满嘴尽胡说……

屠森巴赫 他这个人很古怪。他叫我又觉得可怜,又觉得可气,不过我还是可怜他的成分多些。我想他是怕见人的……我一个人单独和他在一起的时候,他很温和,很懂事,可是一到人多的场合,他就粗鲁起来,就变成一个暴躁的人了。不要走,至少等他们吃起来再去。让我稍稍陪你一会儿。你在想什么?

[停顿。

你二十岁,我还不到三十。我们未来还有多少好年月呀,在那一连串的长远日子里,我是永远爱你的……

伊里娜 尼古拉·里沃维奇,不要跟我谈到爱情吧。

屠森巴赫 (不去听她说话)我心里有一种热切的渴望,要生活,要奋斗,要工作。这个渴望,在我的心里,和对你的爱,融化在一起了,伊里娜。正因为你美丽,所以我觉得生活也是这么美丽的!你在想什么?

伊里娜 你说生活是美丽的。不错,然而,万一这只是一个表面现象呢?直到现在,我们三姊妹的生活,还没有美丽过呢;生活像莠草似的窒息着我们……你看我都流了泪了。我不该哭。(赶快擦抹眼泪,微笑）我应当去工作，去工作。我们心情忧郁，我们把生活看成是黑暗的，都是因为我们不认识工作的意义。我们是那些瞧不起工作的人们所生出来的……

[娜达里雅·伊凡诺夫娜上；她穿着一件粉红色裙衫，系着绿带子。

娜达莎 大家已经吃起中饭来了……我来晚了……（顺便向镜子里看了自己一眼，整顿一下自己的装扮）我的头发梳得还不错，我觉得……（看见了伊里娜）亲爱的伊里娜·谢尔盖耶夫娜，我给你道贺！（使力气地、长长地吻她一下）你们这里有这么些客人，我实在觉得有点害臊……日安，男爵！

奥尔加 （正走进客厅）啊，娜达里雅·伊凡诺夫娜，你可来了！日安，我的亲爱的！

[她们接吻。

娜达莎 给你道喜！你们这里这么些人，我可心慌得要命啊！……

奥尔加 这有什么，都是自家人。（低声，惊讶地）你怎么系了一条绿带子呀！我的亲爱的，这不大好！

娜达莎 这不吉利吗？

奥尔加 不是，仅仅是和你的衣裳不调和……而且，这看着有点古怪……

娜达莎 （含泪的声音）真的吗？可是你知道这并不是

翠绿呀,并不发亮。(随着奥尔加走进餐厅)

　　〔餐厅里,大家都坐下去吃饭;客厅里没有一个人。

库利根　伊里娜,我祝你将来嫁个好丈夫!是该结婚的时候了。

契布蒂金　娜达里雅·伊凡诺夫娜,我祝你也嫁一个好丈夫。

库利根　娜达里雅·伊凡诺夫娜心目中已经有了一位了。

玛莎　(用叉子敲自己的盘子)啊!生活是美丽的啊!随便它发生什么情形吧,让咱们先喝上一小杯!

库利根　你这种举动可真算体面!

威尔什宁　这是一种什么酒?好极了!是拿什么泡的?

索列尼　蟑螂泡的。

伊里娜　(含泪的声音)哎呀!哎呀!多么叫人恶心哪!……

奥尔加　我们今天晚饭有烤火鸡和苹果馅儿的点心。感谢上帝,今天我整天都待在家里,晚上也在家……先生们,晚上都请过来好吗?……

威尔什宁　也准许我来吗?

伊里娜　请一定来吧。

娜达莎　在他们这里是不用客气的。

契布蒂金　大自然就是为了叫我们恋爱才生出我们来

的呀。(笑)

安德烈 （生气）住嘴吧,先生们,我奇怪你们怎么也不厌烦哪!

> [费多季克和洛迭上。两个人提着一大篮子鲜花。

费多季克 你看,他们正吃着中饭呢。

洛迭 （高声地说话,有点大舌头）真的吗?可不是,正吃着中饭……

费多季克 稍微等一会儿!(拍了一张快照)得,一张!再稍微等一会……(又拍了一张)得,两张!现在行了,走吧。

> [他们提起花篮,走进餐厅,大家热闹地欢迎他们。

洛迭 （高声地）我给你们道贺!我祝你们非常、非常幸福!今天天气可太好啦,非常、非常的好啊。我带着我的学生们出去散步了整整一早晨。我在中学教了一门体操……

费多季克 你可以随便动一动,伊里娜·谢尔盖耶夫娜,不要紧。(拍了一张照)你今天真美呀。(从口袋里掏出一个陀螺来)拿这个陀螺去,你看这玩意儿……它出声儿可好听极了……

伊里娜 多么好呀!

玛莎 "海岸上,生长着一棵橡树,绿叶丛丛……树上系着一条金链子,亮铮铮……"(含着泪的声音)我为什么总是不住地背这个呢?这句诗从早晨就萦绕在我的心上……

库利根 我们桌上是十三个人哪!

洛迭 (高声地)亲爱的朋友们,你们还把这种迷信的事看得这么重要吗?

　　[大家大笑。

库利根 如果桌上是十三个人,那就是说,在座的当中一定有一对情人。伊凡·罗曼诺维奇,不会碰巧就是你吧?

　　[大家大笑。

契布蒂金 我呀,我已经是一个老孽障了,可是你们看,娜达里雅·伊凡诺夫娜那儿,怎么她倒整个心慌起来了?这我可真是一点也不懂。

　　[大家哄堂大笑;娜达莎跑进客厅,安德烈跟了出去。

安德烈 这算不了什么,不要理那些!等一会儿……别走,我求你……

娜达莎 我脸上挂不住……我不知道我是怎么了,他们拿我开起玩笑来了。我知道我不应该离开饭桌子,这是没礼貌的,可是我再也坐不住了……我再也坐不住了……(两手蒙住脸)

安德烈 我的亲爱的,不要上心里去,我请求你,我哀求你。我向你保证，他们这是说着玩儿的，他们的话并没有坏意思。我的亲爱的，我的甜蜜的，他们都是正派人，热心肠的人，都非常喜欢我，也喜欢你。咱们到窗子那边去吧，那儿他们看不见我们……（向四周看看）

娜达莎 交际场里我真是不习惯呀！……

安德烈 啊，青春啊，美丽而又迷人的青春啊！我的亲爱的，我的亲爱的天使，不要这样苦恼吧！相信我，相信我……真的，我觉得多么幸福啊，我的心里充满了爱和狂欢。啊！他们谁也看不见我们，谁也看不见！我为什么爱你，我从什么时候爱上你的——啊，这我一点都不知道。我的亲爱的，我的甜蜜的，我的非常纯洁的，做我的太太吧！我爱你，我爱你……我从来也没有这样爱过谁啊……（吻）

〔两个军官走进来，一看见这一对接吻的人，就停住了脚步，愕然。

——幕落

第二幕

景同第一幕。

晚上八点钟。街上隐约传来手风琴的声音。没有点灯。娜达里雅·伊凡诺夫娜穿着睡衣,端着一支蜡烛,上;往前走,走到安德烈的门口站住。

娜达莎 你做什么啦,安德留沙? 看着书吗? 没什么,我不过要看一看……(再往前走,开了另一扇门,往里边探探头,又关上)……看看这儿有没有火烛……

安德烈 (上,手里拿着一本书)什么事,娜达莎?

娜达莎 我看看有没有火烛没吹灭……现在正是谢肉节[1],听差们头都玩昏了;总要什么都得看一眼,怕出点什么岔子……昨天半夜里,我打餐厅里过,你猜我看见了什么? 一支蜡烛丢在那儿点着!也查不出是谁点的。(放下蜡烛)什么时候了?

安德烈 （看看自己的表）八点一刻。

娜达莎 可是奥尔加和伊里娜还没有回来呢。这两个可怜的人哪，她们还没有回家，还在工作着呢！奥尔加在开教务会议，伊里娜在电报局……（叹息）今天早晨我跟你妹妹说："伊里娜，我的亲爱的，你可应当保重自己呀。"可是她不听我的话。你说是八点一刻了吗？我觉得我们的宝贝不舒服得厉害。他为什么这么冰凉呢？昨天他发烧，可是今天浑身又都是冰凉的了……我担心得很！

安德烈 不要紧的，娜达莎。孩子很结实。

娜达莎 究竟还是节制着点他的饮食的好。我不放心。我听说今天晚上九点钟，化装跳舞的人要到咱们家里来。他们最好是不要来，安德留沙。

安德烈 我实在是不知道怎么办。那是请了人家来的。

娜达莎 今天早晨，小孩子一醒，就看着我，脸上忽然跟我笑起来了；可见他已经认识我了。我跟他说："早安，宝贝！""早安，我的乖乖！"他就笑出声音来了。小孩子们能懂话；他们很懂得大人的话，那么，安德留沙，我就去告诉他们，不招待那些化装跳舞的人了。

1　大斋前三天到一周之间的旧教节日，可以食肉，狂欢，又称谢肉节。

安德烈 （犹豫不决地）那得看我的妹妹们的意思。这也是她们的家呀。

娜达莎 是呀，这也是她们的家；我去跟她们说说去。她们会同意的，她们都那么好……（往外走着）我吩咐晚饭预备了些酸牛奶。医生说你应当只吃酸牛奶，不然就永远也瘦不下去。（站住）宝贝浑身都是冰凉的。我怕大概是他的屋子太冷。恐怕应该给他另外换间屋子住，至少得住到天气暖和起来。比如说，伊里娜住的那间屋子，就对这孩子非常合适，又干燥，又整天都见太阳。应当跟她去说说，请她暂时搬到奥尔加的屋子里住住……反正她也成天不在家，除了夜里回来睡睡……

　　[停顿。

安德留桑奇克，你为什么一句话也不说呀？

安德烈 不为什么，我是在想……而且呢，也没有什么要说的。

娜达莎 对啦……我本想跟你说什么来着？……啊！想起来了，自治会议打发来的费拉彭特，还在那儿等着要见你呢。

安德烈 （打呵欠）叫他进来吧。

　　[娜达莎下。安德烈就着她忘记带走的蜡烛，低头看书。费拉彭特上；他穿着一件褴褛破旧的外衣，领子翻上来。头顶上包着一块头巾，

直包到耳朵上。

晚安,我的老费拉彭特。有什么事呀?

费拉彭特 主席送给你一本书,另外还有一份公事……这不是……(递过书和一个信封去)

安德烈 多谢。很好。可是你为什么这么晚才来呀?已经八点多了。

费拉彭特 什么?

安德烈 (提高声音)我说,你来得太晚了,已经八点多了。

费拉彭特 一点也不错呀。天还没黑我就来了,可是他们不叫我见你。他们说,主人忙得很。那呀,就活该了!他既然忙,可有什么办法呢,反正我并不忙。(以为安德烈问了他什么话呢)什么?

安德烈 没说什么。(查看着那本书)明天是星期五,不办公,不过我还是照旧要去……省得没事可做。待在家里真烦闷啊……

[停顿。

亲爱的老头子,我们的生活变化得多么奇怪,它又多么会骗人啊!今天,我因为烦闷,因为没事可做,才拾起这本书来——大学的旧讲义,——这连我自己都觉得好笑哇……哎!我是自治会议的秘书,就是普罗托波波夫当主席的这个自治会议。我是会里的秘书,我最大的希望,充其量也不过是有一天能当上委员罢了！我这个每天夜里梦见自己当上了莫斯科大学教授，成了全俄罗斯引以为荣的著名学者的人，却只能当一个地方自治会议的委员啊！

费拉彭特 我一点也说不上来……我没听清楚……

安德烈 如果你真能听得清楚的话，也许我就不跟你说了。我很需要跟一个人谈谈。可是，我的太太不能了解我。我的妹妹们呢，我也不太知道为什么，又总是有点怕她们——我怕她们会嘲笑我，会叫我难为情……我不喝酒，不喜欢进酒馆，然而我要是现在正坐在帖斯多夫或者莫斯科的哪一家大饭店里，你可真不知道那会有多么快乐啊。

费拉彭特 在莫斯科呀——那天有一个包揽买卖的，在自治会议里说，——说在莫斯科有几个商人吃薄饼；好哇，好像有一个人吃了四十张，给吃死了。不知是四十还是五十，我记不大清楚了。

安德烈 在莫斯科，你即使是坐在一家大饭店的大厅里，那里的人你一个也不认识，别人也不认识你，你也并不感觉到自己是个陌生人……可是在这里呢，正相反，你谁都认识，谁也都认识你，你却依然觉得自己是个陌生又陌生的人……陌生而孤独啊。

费拉彭特 什么？

〔停顿。

那个包揽买卖的还说——不过这话想许是谣

言，——说横穿着莫斯科，拉起了一条绳子。

安德烈 作什么用的呢?

费拉彭特 我一点也说不上来,是那个包揽买卖的这么说的。

安德烈 真荒谬。(看书)你到过莫斯科吗?

费拉彭特 （沉默了一下）从来没到过。上帝没有叫我去的意思。

〔停顿。

我可以走了吧?

安德烈 去吧。再见。

〔费拉彭特下。

再见吧。(看书)明天早晨再来取这些公事……去吧……

〔停顿。

他走了。

〔门铃声。

咳，好麻烦哪……（伸懒腰，慢慢地走进自己的屋子）

〔景后，乳母唱着摇篮歌，催婴儿入睡。玛莎和威尔什宁上。他们在那里谈话的时候，女仆把餐厅里的油灯和几支蜡烛点起来。

玛莎 这我一点也说不上来。

〔停顿。

这我一点也说不上来。习惯当然有很大的关系。比如说，我们父亲死了以后，家里没有勤务兵了，我们过了一段很长的时间才习惯。但是，撇开所有的习惯问题不谈，我觉得我心里有一句公道话要说。也许在别的地方情形不同，可是在我们这个城里，最有身份、最高尚、最有教养的，只有军人。

威尔什宁　我渴了。我倒很想喝杯茶。

玛莎　（看了挂钟一眼）他们马上就送上来。我十八岁就结了婚，那时候，我怕我的丈夫，因为他是一个教员，而我才刚刚毕业。那个时候，我觉得他是一个重要的人物，极有学问，极聪明。可是现在呢，可惜呀！全不是那样了……

威尔什宁　是的……我懂了……

玛莎　我一点也不是说我的丈夫——我对他已经习惯了；然而在一般文官当中，可有多少粗野的、不懂礼貌的、没有教养的人呀。粗野得使我痛苦，使我痛心；我一看见有人不文雅，不温和，不客气，我心里就难受。因此，我每次和我丈夫的同事，那些教员们，在一起的时候，就真觉得痛苦极了。

威尔什宁　是的……不过我倒看不出文官和军人有什么区别，跟他们来往，都一样没有趣味，至少在这个城里是这样。只要是一个知识分子，不管他是个文官还是军人，又有什么两样！你就听听他们所谈的吧，永远是被他的太太烦死啦，被他的房子烦死啦，被他的产业、他的马烦死啦……俄国人本来是比什么人都容易感染高超的思想的，然而，请问，这些人的生活，却为什么又过得这么低下呢？为什么？

玛莎　为什么呢？

威尔什宁　为什么他被他的孩子们和太太烦死？又为什么他自己也烦死他的孩子们和太太？

玛莎　你今天心情有点不大好啊。

威尔什宁　也许是……我今天没有吃饭，从早晨到现在，一点东西还没有吃呢。我的女儿不大舒服，而每当我的孩子们生病，我就满怀焦虑，一想到为什么给了她们这样一个母亲，我就内心自疚。啊，你今天要是看见了她的那种样子就好啦！简直太不像话了！我们从早晨七点钟就吵起嘴来，吵到九点，我把门一摔就走出来了。

　　〔停顿。

这些事我是从来不谈的。奇怪，只有跟你，我却抱怨起来了。（吻她的手）不要生我的气吧……除了你，我再也没有人，再没有人可以……

　　〔停顿。

玛莎　烟囱里的声音有多大啊！我父亲临死以前，那里边也是这样呼呼地响。你听，就跟这一样。

威尔什宁　你还迷信吗？

玛莎　是。

威尔什宁　这就奇怪了。(吻她的手)你是一个美丽的、动人的女人。美丽，动人！天色虽然黑暗，可是我还看见你的眼睛在发着光亮。

玛莎　(坐到另外一张椅子上去)这里亮一些。

威尔什宁　我爱……我爱……我爱你的眼睛，你的举止，我睡觉都梦见它们……美丽的、动人的女人啊！

玛莎　(不出声地笑)你跟我这样说话的时候，我心里虽然害怕，可是不知道为什么只想笑……不要再这样说了，我请你……(低声)不过，你还是可以说下去，我无所谓……(两手蒙住脸)我无所谓……他们来了，谈点别的话吧。

〔伊里娜和屠森巴赫由餐厅走上。

屠森巴赫　我姓一个三个字的复姓：屠森巴赫—克洛奈—阿尔特萨威尔男爵，然而我和你们一样，是一个俄国人，信奉正教。我身上所残余的德国人的气质可太少了——如果有，那也只是使你讨厌的这一点耐性和固执了。我每天晚上都送你回家。

伊里娜　我太累了！

屠森巴赫　而且我将来还要每天到电报局去接你回家，我要这样做到十年，二十年，除非你把我赶走……

(看见了玛莎和威尔什宁，愉快地）啊，是你们呀！晚安！

伊里娜 哎呀，我总算是回到家了。（向玛莎）刚才，有一位太太往萨拉托夫给她兄弟打电报，说她的儿子今天死了，可是怎么也想不起住址来了。结果，不带地址就把电报发出去了，只打到萨拉托夫。她哭着。我也无缘无故地对她说了几句难听的话。"我没有时间白耽误，"我回答她说。我真糊涂！参加化装舞会的人今天来吗？

玛莎 来。

伊里娜 （坐在一把圈椅上）稍微歇歇吧。我真累得不行了。

屠森巴赫 （脸上带着笑容）每逢你工作回来的时候，你的神气总是像个挺小的小姑娘那么可怜……

〔停顿。

伊里娜 我真累得不行了。我不喜欢电报工作，不，我绝对不喜欢它。

玛莎 你瘦了……（吹口哨）可是你更显得年轻了，模样儿像个男孩子。

屠森巴赫 那是因为她把头发剪成那样的关系。

伊里娜 我得另外找一种工作，这种工作对我不合适；刚刚缺少我所十分渴望、天天梦想的东西……这是一种没有诗意、没有思想内容的工作……

〔敲叩地板声。

这是医生敲的……（向屠森巴赫）请你敲一下吧，我的朋友……我不能去敲了……我太累了。

〔屠森巴赫敲敲地板。

他就要上来。我们得作点什么准备。昨天医生和我们的安德烈到俱乐部去了，他们又输了。听说安德烈输了两百卢布。

玛莎　（漠不关心地）那，现在又有什么办法呢？

伊里娜　半个月以前，他输过钱，去年十二月他也输过钱。我倒希望他赶快把什么都输光了吧，也许我们就可以离开这里。啊，上帝啊！我夜夜梦见莫斯科，把我都整个想疯了。（笑）我们六月才搬走，离现在还有……二月，三月，四月，五月……差不多还有半年呢！

玛莎　要紧的可是不要叫娜达莎知道他输了钱啊！

伊里娜　我想这在她是无所谓的。

〔契布蒂金刚刚从床上起来——他吃过午饭就睡了一觉——梳着下髯，走进餐厅；随后坐在桌边，从口袋里掏出一张报纸来。

玛莎　你看他来了……他付了房租吗？

伊里娜　（笑）没有。八个月了，连一个戈比也没有付。他一定是给忘了。

玛莎　（笑）看他坐在那儿那种了不起的神气！

［大家都笑了。

［停顿。

伊里娜 你为什么一句话也不说呀，亚历山大·伊格纳季耶维奇？

威尔什宁 我不知道。我实在渴得很。我情愿付出一半生命，来换一杯茶喝。我从早晨到现在，一点东西还没有吃呢……

契布蒂金 伊里娜·谢尔盖耶夫娜！

伊里娜 什么事？

契布蒂金 到这儿来。Venez ici.[1]

［伊里娜走过去，坐在桌子旁边。

没有你我就过不下去。

［伊里娜摆出纸牌来占卜。

威尔什宁 怎么办呢？既然人家不愿意给我们送茶来，那我们至少就讨论点什么吧。

屠森巴赫 来吧。可是讨论什么呢？

威尔什宁 讨论什么？比如说，让我们思索一下，我们死后两三百年，生活会是怎么样的啊。

屠森巴赫 怎么样吗？那呀，将来人们会坐着氢气球在天上飞，衣服会变了式样，也许还会发现第六种感觉，而且发展了它，可是生活还会照旧是这样艰

---

1 法语，到这儿来。

难,这样充满了神秘和幸福。一千年以后,人类照旧还要叹息着说:"啊!生活多么艰苦哇!"同时,却也会真正和现在一样,人们还是怕死,还是拼命想活着。

威尔什宁 (思索着)嗯,怎么跟你说呢?我总觉得,世上的一切,都应当一点一点地改变,而且这种改变已经正在我们眼前进行着呢。再过两百年,三百年,即或是一千年——年数是没有什么关系的——就会有一种新的、幸福的生活。自然,那种生活,我们是享受不到的,然而我们今天也就是为了那种生活才活着,才工作着,才,如果你愿意这样说的话,才受着痛苦的,创造那种生活的应该是我们,而这也才是我们生存的目的,我甚至要说,这也才是我们的幸福。

[玛莎轻声地笑。

屠森巴赫 你笑什么?

玛莎 我不知道。我从今天早晨起,就总是笑。

威尔什宁 我也是在你那个学校读的书,我没有上军事学院;我读过很多的书,只是我不懂得选择。很可能我所读过的都没有用处,然而,我越往下活,就越想多知道。我的头发都苍白了,我差不多是个老头子了,可是我的知识还有限得很呢!多么有限啊!虽然如此,最重要的和最真实的东西,我相信我还是懂得透彻的。啊，我多么想给你们证明一下：我们的幸福是不存在的，不应该存在的，而且将来也不会存在的啊……我们应当只去工作、工作好了。至于幸福呢，那是留给我们极远的后代子孙们的。

　　[停顿。

如果我得不到幸福，至少我的后代子孙的后代子孙会得到的……

　　[费多季克和洛迭出现在餐厅里；他们坐下去，轻轻地弹着吉他，在低唱。

屠森巴赫　依你看，幸福是一件连梦想都不该梦想的东西了！可是我现在感到很幸福，那又该怎么解释呢？

威尔什宁　不会的。

屠森巴赫　（拍着手笑）我看我们显然是互相都不了解的。那么，我怎样才能说服你呢？

　　[玛莎轻声地笑。

（向她伸着一只手指头）笑！这有什么可笑的！（向威尔什宁）不但在两三百年以后，就是再过一百万年，生活也还会像现在一样；它不改变，它是固定的，它要遵循它自己的法则，这个法则，我们是一点也看不见的，或者，至少是我们永远也不会懂得的。就像候鸟，拿仙鹤作比吧，它们来来回回不停地飞，无论它们脑子里转着什么念头，高超的也好，渺小的也好，依然阻止不住它们继续不明目的、不知所以然地飞。它们中间无论能产生出多少哲学家，它们还是得飞，而且将来也还得飞。那些高谈哲学的人们，尽管舒舒服服地去谈吧，而它们还是得飞……

玛莎　但是这都是什么道理呢？

屠森巴赫　道理啊……现在正下着雪……又是什么道理呢？

　　　　［停顿。

玛莎　我觉得人应当或者有信念，或者去寻求一个信念，不然他的生活就是空虚的，空虚的……活着，而不明白仙鹤为什么飞；不明白孩子为什么生下来；不明白为什么天上有星星啊……一个人必须知道自己为什么活着，不然，一切就都成了一场空，就都是荒谬的了。

　　　　［停顿。

威尔什宁　青春要是白白放过，究竟是可惜的呀……

玛莎　果戈理说过：先生们，在这个世界上活着，是件烦闷的事呀！

屠森巴赫　我却要这么说：先生们，和你争论是很困难的呀！所以，就算了吧……

契布蒂金　（读着报纸）巴尔扎克在别尔吉切夫结的婚。

[伊里娜低唱着。

我把这个记下来（在他的笔记本上记）巴尔扎克在别尔吉切夫结的婚。（读报纸）

伊里娜 （一边用纸牌占着卜，一边在沉思着）巴尔扎克在别尔吉切夫结的婚。

屠森巴赫 大局已经定了！玛丽雅·谢尔盖耶夫娜，你知道吗，我已经辞职了？

玛莎 我知道。我看不出那有什么好处。我不喜欢文官。

屠森巴赫 没关系……（站起来）看看我，难道我像个军人的样子吗？不过，这并没有什么关系……我要去工作。哪怕是一辈子里只有一次呢，我也愿意晚上回到家来，疲倦不堪，往床上一躺就睡着了……（向餐厅走去）工人们睡觉一定是很香的！

费多季克 （向伊里娜）我刚才在莫斯科街的皮日阔夫店子里，给你买了这些五彩铅笔……还买了这么一把小小的铅笔刀……

伊里娜 你总是拿我当一个小孩子看待，可我现在已经大了，你知道……（接过铅笔和铅笔刀来，非常快活）多么漂亮呀！

费多季克 我呢，你看看我自己买了一把什么样的刀子……看，这儿一把刀，这儿两把刀，这儿还有第三把刀，还有这个，是掏耳朵用的，这儿是把剪子，这个是修指甲的……

洛迭 （高声地）大夫，你多大年纪？

契布蒂金 我？三十二。

　　　　［大家大笑。

费多季克 我另外摆个卦给你看看……（摆着卦）

　　　　［茶炉端进来了；安非萨忙着倒茶。稍过一会儿，娜达莎上；她也在桌边张罗着。索列尼上，和大家招呼完了，就坐在桌旁。

威尔什宁 也还是起这么大的风啊！

玛莎 是呀。我讨厌极了冬天了。夏天是什么样子我都已经忘了。

伊里娜 我这个卦一定拿通了，我看出来了。莫斯科我们准会去得成了。

费多季克 不行，这卦通不了。你看见了吗，这个八盖着黑桃二呢。（笑）所以莫斯科你们是去不成了。

契布蒂金 （读报纸）中国，齐齐哈尔。天花盛行。

安非萨 （走到玛莎面前）我的小玛莎，茶预备好啦。（向威尔什宁）高贵的大人，请吧……原谅我吧，我把你的名字给忘了……

玛莎 把茶端到这儿来吧，奶妈。我不愿意到那边去。

伊里娜 奶妈！

安非萨 我来啦！我来啦！

娜达莎 （向索列尼）顶小的小孩子，也什么话都懂呢。

我说："早安，宝贝，早安，我的乖乖！"你可没看见他用怎么一种神气看着我呢！也许你觉得我是他的母亲，才这样说吗？不是啊，不是，一点也不是，你相信我吧！这真不是一个平常的孩子。

索列尼 假如这是我的孩子，我就叫人把他放在锅里煎煎，把他吃了。（端着他的茶杯，走进客厅，坐在一个角落里）

娜达莎 （用两只手蒙住脸）好粗野的、没教养的人哪！

玛莎 不理会是冬天还是夏天的人，才真幸福呢。我觉得，假如我是住在莫斯科的话，什么样的天气我也就不去理会了……

威尔什宁 前几天，我读了一本日记，是一个法国部长因为巴拿马事件下了狱，在监狱里写的。他把他隔着监狱窗子所看见的飞鸟，把他当部长的时候所从来没有理会过的飞鸟，写得那么热情，那么神往。现在他已经被释放了，他当然也就不会再去理会那些飞鸟了。同样的情形：等你住在莫斯科，也就不会去理会它了。我们的幸福是不存在的，我们只能想望着幸福罢了。

屠森巴赫 （从桌上拿起一个盒子来）糖到哪儿去了？

伊里娜 索列尼给吃了。

屠森巴赫 全吃了？

安菲萨 （递着茶）有一封送给你的信，先生。

威尔什宁　给我的？（接过信来）是我女儿写来的。（读）是的，当然了……请原谅我吧，玛丽雅·谢尔盖耶夫娜，我得偷偷溜走了。我不吃茶了。（站起来，心情缭乱）永远是这种烦人的事情……

玛莎　什么事啊？不是秘密吧？

威尔什宁　（很低的声音）我的太太又服毒了。我非回去不可。我要偷偷地溜走。这种事情可够多么讨厌啊！（吻玛莎的手）我的亲爱的，我的正直的，我的善良的……我要从这边走，免得叫人看见……（走下）

安非萨　他跑到哪儿去啦？我把茶给他端来了……嘿，就看看这个人哪！

玛莎　（生了气）走开！你还有完没完！你就不叫人清静一会儿……（端起茶杯来，走到桌边去）你简直烦死我了，老太婆！

安非萨　可是你为什么生起气来啦，我的亲爱的呀，瞧瞧你？

〔安德烈的声音："安非萨！"

（模仿着他的声音）安非萨！永远躲在他那个角落里……（走下）

玛莎　（在餐厅里，靠着桌子，生气地）让我坐下！（用手把排列在桌上的牌给搅乱）你的牌把整个桌子都给占了。喝你的茶去吧！

伊里娜　看你脾气可真坏,玛莎!

玛莎　我脾气坏,就别跟我说话好了。不要招惹我。

契布蒂金　(笑着)不要招惹她,不要招惹她!……

玛莎　别看你都六十岁了,可还像个小孩子似的,尽满嘴胡说八道。

娜达莎　(叹一口气)亲爱的玛莎,你怎么用这样的字眼儿说话呢?我坦白地跟你说,假如你不是这样的说话法儿,像你这么美,在上流社会里,一定会受人尊敬的。Je vous prie pardonnezmoi, Marie, mais vous avez des manières un peu grossières.[1]

屠森巴赫　(忍住笑)请递给我……递给我点……我想那儿有点白兰地吧。

娜达莎　Il paraît, que mon Bobik déjà ne dort pas.[2] 他今天不舒服。我得看看他去,原谅我吧……(走下)

伊里娜　亚历山大·伊格纳季耶维奇到哪儿去啦?

玛莎　他回家了。他太太又出了点特别的事。

屠森巴赫　(手里拿着一玻璃瓶子白兰地,向索列尼走去)你总是一个人坐在那里想,想的是什么,谁也猜不出。来吧,咱们讲和吧。咱们喝一点白兰地。

「他们喝酒。

1　法语,我请求你原谅我,玛丽雅,可是你的举止有一点粗野。
2　法语,我觉得好像我的宝贝醒了。

我今天一定又得要整夜地坐在钢琴前边,弹种种无聊的曲子了……可是,那就随它去吧!

索列尼 我们为什么要讲和呀?我们又没有吵过嘴。

屠森巴赫 我每逢看见你,总是觉得我们两个人之间有点什么别扭似的。你的性情很古怪,这你总应该承认吧。

索列尼 (朗诵)"我确是古怪,然而又有谁一点也不古怪的呢?不要生气吧,阿列科!"[1]

屠森巴赫 这和阿列科又有什么关系呢?……

〔停顿。

索列尼 当我和某一个人单独在一起的时候,我就觉得没什么,和大家一样,但是一到人多的场合,我就觉得忧郁,羞怯,而且……就要说出种种糊涂话来了。然而我还是比许多、许多别人有礼貌些,心地高尚些。这我能证明……

屠森巴赫 我时常生你的气,因为,每当我们在大庭广众之中,你总要攻击我,然而,我总对你有点同情,也说不上来那是为什么。随它去吧,我今天要喝个大醉。咱们喝吧!

索列尼 咱们喝吧!(他们喝酒)

〔停顿。

---

1 普希金的诗《茨冈》中的句子。

我从来没有一点反对你的地方，男爵。不过我的性格和莱蒙托夫一样。（很低的声音）有人甚至说……说我还有点像莱蒙托夫呢……（从口袋里掏出一瓶香水来，往手上洒）

屠森巴赫 我辞职了。我干够了！这我盘算了有五年了，现在到底可算是决定了。我要去工作了。

索列尼 （朗诵）"不要生气，阿列科……忘记了吧，忘记了你的梦吧……"

［他们在那儿谈话的时候，安德烈手里拿着一本书，悄悄地进来，走过去，紧靠着一支蜡烛坐下。

屠森巴赫 我要去工作了。

契布蒂金 （和伊里娜走进客厅）而且饭食也完全是高加索的做法：一道葱汤，一盘烤肉，这种烤肉，在高加索叫作"切哈尔特玛"。

索列尼 叫"切列木沙"，不是肉，那是一种植物，有点像咱们这儿的葱。

契布蒂金 不对，我的亲爱的朋友。叫"切哈尔特玛"，不是葱，是一种烤羊肉。

索列尼 我告诉你，切列木沙是葱。

契布蒂金 我也告诉你，切哈尔特玛是羊肉。

索列尼 我也告诉你，切列木沙是葱。

契布蒂金 跟你争辩有什么用呢？你从来也没有到过

高加索，从来也没有吃过切哈尔特玛。

索列尼 我没有吃过，是因为我受不住它的味道。切列木沙跟大蒜一个味儿。

安德烈 （哀求地）够了！先生们！我求求你们！

屠森巴赫 参加化装舞会的人该什么时候来呀？

伊里娜 他们答应的是九点到；所以马上就要来了。

屠森巴赫 （紧抱着安德烈，唱）"啊，靠近我的磨坊，靠近我的美丽的磨坊……"[1]

安德烈 （跳着舞，唱着）"有一道流水在歌唱……"[2]

契布蒂金 （跳着舞）"靠近我的磨坊……"[3]

〔大家大笑。

屠森巴赫 （吻安德烈）管它的呢！咱们喝酒哇，安德留沙，为咱们的友谊干一杯，咱们就改了称呼吧。为你和我，安德留沙，咱们都到莫斯科去，都到大学里去喝一杯吧。

索列尼 哪一个？莫斯科有两所大学呢。

安德烈 莫斯科只有一所大学。

---

[1] 此处据莫斯科外文出版社法文版译出。在苏联国家文学出版社一九五〇年出版的俄文版《契诃夫全集》第三卷中，此句原文是："啊，你这门廊，我的门廊，我的新门廊……"——编者

[2] 此处据莫斯科外文出版社法文版译出。在苏联国家文学出版社一九五〇年出版的俄文版《契诃夫全集》第三卷中，俄文版的原文是："新的枫木的门廊……"——编者

[3] 同上，俄文版的原文是："带花格子的门廊……"——编者

索列尼 我告诉你,有两所。

安德烈 你要愿意,就算它有三所吧。越多越好。

索列尼 莫斯科有两所大学!

　　[一片咕噜声,喧笑。

　　莫斯科有两所大学:一所旧的,一所新的。如果你们不愿意听我的话,如果我的话招你们生气,我可以闭上嘴。我甚至还可以躲到另外一间屋子去……(拉开一道门走出去)

屠森巴赫 好哇!好哇!(笑)朋友们,开始吧,我来弹钢琴!这个索列尼真是可笑哇!……(坐在钢琴前,弹起一支圆舞曲)

玛莎 (自己一个人跳着圆舞)男爵喝醉了,男爵喝醉了,男爵喝醉了!

　　[娜达莎上。

娜达莎 (向契布蒂金)伊凡·罗曼诺维奇!(向契布蒂金说了几句话,然后悄悄地走出去。契布蒂金轻轻地拍一拍屠森巴赫的肩膀,向他耳语)

伊里娜 什么事?

契布蒂金 是我们该走的时候了。再见吧。

屠森巴赫 晚安啦。是该走的时候了。

伊里娜 怎么?……还有参加化装舞会的人要来呢?

安德烈 (狼狈)他们不来了。你明白,亲爱的,娜达莎说宝贝有点不舒服,所以嘛……总之,这件事情我一点也不清楚,在我呢,我绝对无所谓。

伊里娜 (耸肩)宝贝不舒服!

玛莎 得啦,反正这也不是头一次啦!既然人家赶我们,我们也只好走啦。(向伊里娜)这不是宝贝有病,是她……这儿(用一只手指敲敲上额)有病!真是一个渺小、庸俗的人啊!

[安德烈从右门走进他自己的屋子,契布蒂金随着他进去;大家都在餐厅里告别。

费多季克 多么可惜!我本来打算在这儿好好过一晚上的,不过既是孩子病了,那当然就……我明天给他带点玩具来。

洛迭 (高声地)我想总要跳一整夜的,所以我今天吃过午饭就特意睡了一觉……嘿,现在这才九点钟!

玛莎 我们先出去,到街上再商量去。我们再决定怎么办吧。

["再见!晚安!"的声音。屠森巴赫愉快的笑声。大家都出去了。安非萨和女仆收拾桌上的东西,吹熄了蜡烛。听得见乳母在唱着。安德烈,戴着帽子,穿着外衣,和契布蒂金悄悄地走上。

契布蒂金 我连结婚的时间都没有,因为我的生活就像一道闪电似的,一闪就过去了,再者,也因为你的母亲,我爱她爱得发了狂,可是她已经结了婚了……

安德烈 一个人可不要结婚。可不要结婚,因为结婚是件苦恼的事。

契布蒂金 对呀,当然啦,可是别忘了寂寞呀。随便你的议论怎么好听,可挡不住寂寞是件可怕的事实呀,我的亲爱的……虽然这么说,实际上呢……这绝对没有一点关系!

安德烈 我们快着点走吧。

契布蒂金 何必忙呢?我们来得及。

安德烈 我怕我的太太绊住我。

契布蒂金 吓!

安德烈 我今天可不赌了,我只想坐在旁边看。我觉得不大舒服……伊凡·罗曼诺维奇,告诉告诉我,我这气喘可有什么法子治吗?

契布蒂金 问我有什么用!我不记得了,亲爱的……我不知道……

安德烈 我们打厨房那儿走吧……

〔他们下。一下门铃声,接着又是一下;说话声,笑声。

伊里娜 (走进来)什么事?

安非萨 (嘘嘘着)参加化装舞会的人都来了。

〔门铃声。

伊里娜 奶妈,亲爱的,去告诉他们,就说没有一个人在家。请他们原谅我们吧。

　　　　［安非萨下。伊里娜,沉思着,在屋里踏着大步子走来走去。她的心情很乱。索列尼上。

索列尼　（一怔）一个人都没有哇……都到哪儿去了,他们?

伊里娜　都回家了。

索列尼　多么奇怪。家里就你一个人吗?

伊里娜　对了。

　　　　［停顿。

再见吧。

索列尼　刚才我那么没有涵养,太不小心了,也太不机警了,但是你不像别人,你是一个高超的女人,你纯洁,你看得出哪儿有真理。了解我的只有你。我爱你,我深深地、无限地爱你……

伊里娜　再见啦!你走吧。

索列尼　没有你,我就活不下去。(追着她)啊!我的愉快啊!(流着泪)啊,幸福啊!这一对眼睛啊,多么美丽,多么可爱,我从来没看见哪个女人生过这么好的眼睛啊……

伊里娜　（冷冷的口气）不要说了,瓦西里·瓦西里耶维奇!

索列尼　这是我头一次跟你表示我的爱情,这也叫我觉得仿佛自己已经不在这个世界上,而是到了另外一个行星上似的。(用手擦了一下上额)不过这也没有关系。当然喽,爱情是勉强不来的……只是我可容不得幸福的情敌……我容不得……我指着所有的圣徒发誓,我要杀死我的情敌……啊,我所崇拜的人啊!

〔娜达莎手里端着一支蜡烛经过。

娜达莎 (打开一道门,往里探探头,又打开一道门,探探头,走到她丈夫的门前)安德烈在里边呢,让他看书去吧。原谅我,瓦西里·瓦西里耶维奇,我不知道你在这儿,所以我穿的是睡衣……

索列尼 我无所谓。再见吧!(下)

娜达莎 你累了,我的可怜的、亲爱的小姑娘!(吻伊里娜)你顶好早一点上床去睡吧。

伊里娜 宝贝睡着了吗?

娜达莎 睡着了。不过睡得不沉。我正要跟你说呢,亲爱的,我一直打算跟你说,可是不是你不在家,就是我没有工夫……我觉得宝贝的那间屋子又冷又潮。你那一间要叫他去住,可太合适啦。我的亲爱的,你能不能给我点面子,暂时搬到奥尔加屋里去住几天呀?

伊里娜 (没有听懂)什么地方?

〔三套马车赶到门口停住,车铃声。

娜达莎 暂时请你和奥尔加住在一间屋里,叫宝贝搬到你那间去。他可真乖呀!我今天跟他说:"宝贝,小宝贝是妈妈的,是妈妈的!"他就瞪着那两只可笑的小眼睛,紧看着我。

〔门铃声。

这一定是奥尔加。她回来得多晚啊!

〔女仆走到娜达莎身旁,向她耳语。

普罗托波波夫?多么古怪的人哪!普罗托波波夫来约我跟他一块儿坐马车去逛逛。(笑)男人们都这么古怪!……

〔门铃声。

有人来了。比方我要是只去转上一刻钟呢?……(向女仆)告诉他,说我就来。

〔门铃声。

有人拉铃。这回准是奥尔加了。(下)

〔女仆跑出去;伊里娜坐在那里,出神地沉思;库利根和奥尔加上,后边跟着威尔什宁。

库利根 哈,这可真想不到!他们本来说是家里要举行一个晚会的呀。

威尔什宁 真奇怪!我回去的时候,顶多是半点钟以前,他们还盼着参加化装舞会的人来呢……

伊里娜 大家都走了。

库利根 玛莎也走了吗?她到哪儿去啦?普罗托波波夫在楼下坐在马车上等着干什么呀?他是等谁呀?

伊里娜 什么也不要问我……我太累了。

库利根　　好吧,你这任性的小姑娘……

奥尔加　　会刚散。我可真累坏了。我们的校长病了,我得代理她。啊,我头疼,我头疼……(坐下)安德烈昨天赌钱输了二百卢布……全城都在谈这件事。

库利根　　是呀,会开得也把我给累坏了。(坐下)

威尔什宁　我的太太本来是想吓吓我的,可是她差一点儿把自己给毒死。总算是没有事了,我也放了心了,现在我可以歇一歇了……这么说,我们又得走啦?那么,也好,就让我向你们告别吧。费多尔·伊里奇,咱们一起到哪儿去走走好不好呢?我不能待在家里,绝对不可能……咱们走吧!

库利根　　我太累了。我哪儿也不去了。(站起来)我太累了。我的太太回家了吗?

伊里娜　　大概是。

库利根　　(吻伊里娜的手)再见!明天和后天,我整天都休息。再见啦!(往外走)我真想喝杯茶。我本来打算和大伙在这儿快快活活过一个晚上的……o, fallacem hominum spem![1]……惊叹词的目格![2]……

威尔什宁　那么,我只好一个人走了。(吹着口哨下,

---

[1] 拉丁语,啊,骗人的希望啊!
[2] 欧洲的中学生,都是要学拉丁语的。库利根喜欢说几句拉丁话,和他在这里所补充的一句文法,都是为了刻画他是一个教书匠。

库利根送他出去)

奥尔加　我头疼,吓,我头疼得……安德烈输了钱……全城都在谈这件事……不行了,我要去躺下去了。(走着)明天我没有课……哎呀,多么幸福哇,啊!明天我没有课,后天也没有……我的头真疼啊,吓,我的头……(下)

伊里娜　(一个人)都走开了。没有一个了。

　　　　[外边有人拉着手风琴,奶奶在唱。

娜达莎　(穿着皮大衣,戴着皮帽子,穿过餐厅,女仆跟在她身后)我过半点钟就回来。我只去转一圈儿。(下)

伊里娜　(孤零零地剩下她一个人,非常忧郁地)快到莫斯科去吧,到莫斯科啊!到莫斯科!

——幕落

第三幕

奥尔加和伊里娜的卧室。左右各一床,都挡在屏风背后。半夜两点以后了。后台响着火警的钟声,火已经着了很久。家里的一切,都表现着什么人都还没有睡。玛莎躺在长沙发上,和平日一样,穿着黑衣服。奥尔加和安非萨上。

安非萨　她们眼下都在下边楼梯底下坐着呢……我跟她们说:"上楼去,你们总坐在那儿是什么意思呀……"——她们一个劲儿地哭。"我们不知道爸爸哪儿去啦,"她们说。"可别给烧死在火里呀!"你瞧,她们想到了些什么啦!还有呢,院子里另外还有一群呢……差不多都是一丝不挂啊。

奥尔加　(从衣橱里取出几件衣服来)拿去,把这件灰衣裳拿去……还有这件……这件短衫也拿去……再拿这条裙子去,老妈妈……哎呀,上帝呀!这种情形可多么可怕啊!基尔萨诺夫街一定是整个都烧光了……拿这件去……还有这件……（往奶妈的胳膊上又扔了一件衣服）可怜的威尔什宁一家子，真都吓坏了……差一点，他们的房子也就烧了。叫他们在这儿过夜吧……不能让他们回家……可怜的费多季克，他也是什么都没剩，全给烧光了……

安非萨　你把费拉彭特叫来好不好呀，我的奥里雅，我一个人怎么也抱不动这些呀……

奥尔加　（拉铃）没有人来。（打开门喊）有人在这儿吗？到这儿来，无论是谁！

　　　　〔隔着这道打开的门，可以看见一道窗子，被火光照得通红；又听见一辆消防车经过房子附近的声音。

真可怕呀！也真讨厌啊！

　　　　〔费拉彭特上。

来，抱着这些，送到楼下去……哥罗基林家的姑娘们，都在楼梯底下呢……把这些衣服给她们……还有，连这件也给她们……

费拉彭特　是了……当初在一八一二年，莫斯科也给烧过[1]……哎呀！我的上帝呀！那回可真把法国人给吓傻啦！

奥尔加　得啦，你就去吧。

---

[1] 指拿破仑进攻俄国，在莫斯科城下惨遭失败。

费拉彭特　我就走。(下)

奥尔加　亲爱的老妈妈,把我们所有的东西都给他们吧。我们什么也不要了,都给他们,老妈妈……我太累了,简直连站都站不住了……可不能让威尔什宁一家子回去……叫两个小姑娘睡在客厅里,亚历山大·伊格纳季耶维奇睡到楼下男爵的屋子里去……费多季克也可以到男爵屋里去,或者最好还是睡在我们的餐厅里吧……医生好像成心似的,正巧在今天喝醉了,醉得厉害,他的屋子里是一个人也不能放的。威尔什宁的太太也睡在客厅里吧。

安非萨　(疲倦地)我的好奥尔加,亲爱的,可不要把我赶走哇!不要把我赶走哇!

奥尔加　你说的这是疯话,老妈妈。谁也没有赶你走呀。

安非萨　(把头伏在奥尔加的胸上)我的亲人,我的宝贝,我劳苦了一辈子,我干活干了一辈子……赶明儿等我一没了力气,人家就会跟我说啦:"滚吧!"可你说叫我到哪儿去呀?八十岁了!转眼就八十二了……

奥尔加　你坐下,老妈妈……你太累了,我的可怜的……(按她坐下)你歇一歇,亲爱的好奶奶……看你的脸色多苍白呀!

　　[娜达莎上。

娜达莎　听人说要赶紧成立一个救济灾民的会。哎呀，这个主意可是好极啦。照道理说，是应该赶快救救这些穷人，这是有钱人的责任啊。宝贝和小索菲，他们都睡得跟没出过一点事情似的。咱们家里来了这么多的人，到处都给塞满了。这一阵子城里头正传染着流行性感冒，我真怕，可别把两个孩子给传染上啊。

奥尔加　（没有听见她的话）这间屋子里，看不见外边的火，这里真安静……

娜达莎　可不……我的头发一定都披散开啦。（走到镜子面前）都说我长胖了……可真会说！我一点也没有发胖！玛莎睡着啦，她累了，可怜的人哪……（向安非萨，冷冰冰地）我不许你在我的面前坐着！站起来！出去！

　　〔安非萨下。

　　〔停顿。

我真不明白，你为什么还留着这个老婆子！

奥尔加　（吃惊）对不起，我也不明白……

娜达莎　她在这儿没一点儿用处。她是一个农民，应该住到乡下去……我们不能这样纵容他们！我喜欢凡事都有个秩序！家里不应该留一群没用的人。（抚摸奥里雅的嘴巴）你累了，我的可怜的、亲爱的。我们的校长累极了！等我的小索菲长大了上中学的时候，我可要怕你了。

奥尔加　　我将来不当校长。

娜达莎　　大家会选你的呀，奥里雅。那是一定的。

奥尔加　　我会拒绝的。我做不了……我没有那么大的能力……（喝了一点水）刚才你对安菲萨可太粗暴了……原谅我，我忍受不住……我的头都晕了……

娜达莎　　（心乱）饶恕我吧，奥里雅，饶恕我吧……我并没有要叫你难受的意思。

〔玛莎起来，生着气，抱着她的枕头走了出去。

奥尔加　　你必须明白，我的亲爱的……也许我们所受的教育有一点奇怪，然而我确是不能忍受这个。像这一类的态度，叫我苦恼，叫我头痛……这叫我打不起精神来……

娜达莎　　饶恕我吧……饶恕我吧……（吻她）

奥尔加　　一点点的粗野，半句没有礼貌的话，都能立刻叫我心情烦乱……

娜达莎　　我时常说些不该说的话，这是真的，不过你也得承认，亲爱的，她确是很可以住到乡下去。

奥尔加　　她跟了我们三十年了。

娜达莎　　可是现在她不能再工作了哇！要不是我一点也不懂你的话，那就是你不愿意懂我的意思。她不能工作了；她只能睡睡觉，或者一动也不动地在椅子上坐着呀。

奥尔加　那就让她坐着去好了。

娜达莎　（惊讶）怎么能让她坐着去呢？她是一个用人哪。（含着泪）我不懂你，奥里雅。我有一个看孩子的保姆，有一个喂奶的奶妈，我们还有一个女仆和一个女厨子，还用得着这个老婆子干什么呢？她有什么用处呢？

　　〔后台响着火警的钟声。

奥尔加　这一夜就叫我老下去十年啊。

娜达莎　我们一定得互相取得谅解，奥里雅。你在中学，我在家里；你忙着教书，我操持着家务。如果我说用人们什么话，我可不是胡说的，我可——不——是——胡——说的……从明天起，这个老贼，这个老疯子……（跺脚）这个老巫婆非滚出去不可！……不能再叫她招我不痛快！我不许！（恢复了平静）真的，如果你不搬到楼下去住，我们会不断地吵嘴的。这真可怕呀。

　　〔库利根上。

库利根　玛莎呢？现在可该是回家的时候了。据说火正往下灭着呢。（伸懒腰）只烧了一溜儿房子，可是刚一起火的时候，因为有风，所以叫人觉得像全城都着了似的。（坐下）我累极了。奥里雅，我的亲爱的……我时常想，如果不是玛莎，我一定会跟你结婚的。你多么好啊……我可真累坏了。（倾听）

奥尔加　什么事?

库利根　医生好像成心似的,偏巧就在今天喝醉了,他醉得厉害。(站起来)要是我没弄错,这就是他来了……你听见了吗?是他,他来了……(笑)看他走路的那个样儿呀,真是的……我要藏起来。(走过去藏在衣橱后边,站在墙角)啊!这个光棍!

奥尔加　他两年没有喝酒了,可是现在忽然一下就喝醉了……(走开,走到屋子的后部,娜达莎随着她走过去)

　　〔契布蒂金上;他走得很稳,一点也不东倒西歪的,在屋子里走了几步,站住,往四下看看,然后走到洗脸盆那里,洗起手来。

契布蒂金　(心情不快地)叫他们都下地狱去吧……他们都认为,我既然是个医生,就一定什么病都会治;可是啊,我实在是什么也不会,我从前懂得的,现在全忘光了,一点也不记得了,什么都不记得了。

　　〔奥尔加和娜达莎走出去,他没有看见。

叫他们都下地狱去吧。上星期三,我在札西坡治了一个女人……她死了,是因为我的错处,她才死的。不错……二十五年以前,我确是懂得些医道,可是现在呀,我全都忘光了,一点也不记得了。很可能我甚至就不是一个人,只是在这里假装着有胳膊、有腿、有脑袋;很可能我完全并不存在,也许只是我在这儿幻想着自己是在走,在吃,在睡。(哭)啊,不存在可多好啊!(止住了哭泣,心情不快地)没关系!我一点儿也不在乎!……前天,在俱乐部,大家谈话的时候谈到了莎士比亚,谈到了伏尔泰……他们的著作我什么也没有读过,从来也没有读过,可是我做出了读过的神气。别人呢,也和我一样。多么庸俗啊!多么卑鄙呀!于是我就想起了星期三治死的那个女人来了……接着我就什么都想起来了,觉得我自己的灵魂里有一种虚伪的、丑恶的、可憎的东西……我就跑了出来,就喝起酒来了……

  [伊里娜、威尔什宁和屠森巴赫上;屠森巴赫穿着一身最时式的新便服。

伊里娜 我们坐在这儿吧。这儿不会有人来。

威尔什宁 要不是有这些士兵,全城恐怕早已经烧光了。这些勇敢的男儿啊!(高兴得搓手)个个都是心地高贵的!多么勇敢的小伙子,真没有见过啊!

库利根 (走到他们面前)什么时候了,先生们?

屠森巴赫 过了三点了。天快要亮了。

伊里娜 大家都还在餐厅里坐着呢。没有一个人想回去。你们的那个索列尼,也坐在那儿呢……(向契布蒂金)大夫,你最好上床睡去吧。

契布蒂金 不要紧……谢谢你!(梳他的下髯)

库利根 （笑着）伊凡·罗曼诺维奇可真醉得厉害呀！（轻轻地拍了几下他的肩膀）

好哇！古人常说：In vino veritas[1]。

屠森巴赫 大家都要求我组织一次救济灾民的音乐演奏会。

伊里娜 得啦！会有谁参加呢？……

屠森巴赫 只要我们想组织，这就不难。我觉得玛丽雅·谢尔盖耶夫娜的钢琴弹得好极了。

库利根 好极了，真的！

伊里娜 她有点忘了。她有三年没有弹了……也许都有四年了。

屠森巴赫 这个城里，没有一个人懂得音乐，绝对没有一个人。不过我呢，我懂得，所以我凭我的荣誉向你们保证，玛丽雅·谢尔盖耶夫娜确是弹得好极了，也许甚至可以说是有天才。

库利根 你说得对，男爵。我很爱她——玛莎。她非常好。

屠森巴赫 弹得这么好，而同时又明知道没有人能懂啊，咳！

库利根 （叹气）可不是！……不过她参加一个演奏会去弹琴，那合适吗？

---

[1] 拉丁语，酒醉见本真。

〔停顿。

这我自己可一点也不知道,先生们。这也许是合适的。不可否认的,我们的校长是一个高尚的人,实在是一个很高尚的人,有很丰富的知识,而且有非常好的见解……自然,这件事和他并没有关系,然而,如果你们愿意,究竟我还是去跟他提一句半句的好。

〔契布蒂金摘下那个磁挂钟来,仔细地玩赏。

威尔什宁　我在火场弄得全身都脏了;看我像什么样了?

〔停顿。

我昨天偶然听说,我们这一旅要调到很远很远的一个地方去。有人说是到波兰,又有人说是到赤塔。

屠森巴赫　我也听见这么说。好哇!到那个时候,这城里可真要整个都空了。

伊里娜　连我们也都走了。

契布蒂金　(失手把挂钟掉在地下,摔得粉碎)粉碎了!

〔停顿。每个人都是愁苦的脸色,全体心情紊乱。

库利根　(拾着碎片)打碎这么一件珍贵的东西,看看你哟,伊凡·罗曼诺维奇,伊凡·罗曼诺维奇!我要给你的操行打个零分!

伊里娜　这是妈妈留下的钟。

契布蒂金　也许……如果是妈妈的呢,那么,就是妈妈的了。也许我并没有把它打碎,只是以为把它打碎了呢?也许我们以为我们存在,可是实际上我们并不存在呢?我一点也不知道,也没有一个人知道。(走到门口)你们瞪着眼看我做什么?你们都是瞎子!娜达莎和普罗托波波夫有了一点小小的关系,可是你们什么也没有看出来……你们坐在这里,什么也看不见,可是娜达莎却和普罗托波波夫有了一点小小的关系。(唱)"好不好请你接受这个幽会的日期?……"(下)

威尔什宁　是的……(笑)真是啊,这一切都多么奇怪呀!

　　[停顿。

我一听见火警,就连忙往家里跑。我跑到跟前,看见我的房子倒是还立着,平安无恙,脱离了危险。可是,我的两个小女儿,只穿着睡衣,站在门口台阶上;她们的母亲不知哪儿去了;人们四下里慌乱着,马和狗到处乱跑;我的孩子们,满脸是惊慌、恐怖、求救的神色,我也不知道怎么样是好了;我看见她们这样的脸色,心里十分难受。我的上帝呀,我心里说,这两个可怜的孩子,在她们未来的漫长岁月里,还得要经受多少磨难啊!我拉住她们的手,领着她们就跑,一路上脑子里都缠着这么一个思想：她们将来在这世上还得要经受多少磨难啊！

[火警的钟声。停顿。

我到了这里，才发现她们的母亲在你们这儿了，又是哭号，又是发脾气。

[玛莎挟着枕头进来，坐在长沙发上。

我的孩子穿着睡衣站在门口台阶上，和满街都叫火光照得通红的情景，再加上整个这种地狱似的声音，叫我觉得，这就跟多少年以前、敌人突然袭击我们那种掳掠烧杀的情形一样……然而，其实呢，现在的情形，比起过去的情形，又有多大的不同呀！等再过些时候，假定说是再过两三百年吧，人们又会带着同样的惊愕和同样的嘲笑来谈我们现在这种生活方式了。今天的一切，将来都会显得是畸形的，拙笨的，累赘的，奇怪的。啊！将来的生活会多么好哇——多么好的生活啊！（笑）原谅我吧，我又在这儿大发空论了！你们准许我接着说下去吧，亲爱的朋友们？我今天非常想要高谈阔论，我的兴致很浓。

[停顿。

现在，整个社会都像在睡着觉似的。所以刚才我才说，将来的生活会多好啊！只请你们设想一下吧……像你们这样的人，目前这城里只有三个，但是，在未来的一代又一代里，就会多起来，他们的数目会越来越多，总会有一天，一切都会按照你们的愿望，改变样子的；后世的人们，会按照你们的方式生活的，可是，再往后，连你们的方式也都会陈腐了——将来又会生出比你们更高明的人的……（笑）我今天的心情很不平常。我过度地渴望着要生活……（唱）"爱情驾驭着一切，无论是青年还是老年；狂热的爆发，能叫人的身心佳健……"（笑）

玛莎 隆—咚—咚！

威尔什宁 咚—咚！

玛莎 啦—嗒—嗒？

威尔什宁 啦—嗒—嗒！（笑）

〔费多季克上。

费多季克 （跳着舞）烧光了！烧光了！烧得我一丝不剩了。

〔大家笑。

伊里娜 还拿这个开玩笑呢，真古怪。真是都烧光了吗？

费多季克 （笑着）一丝不剩。什么也没给留下。我的吉他也烧了，我的照相机也烧了，还有我所有的信……就连我打算送给你的那个笔记本，连它也给烧了。

[索列尼上。

伊里娜　不行，瓦西里·瓦西里耶维奇，请走吧。这儿你不能进来。

索列尼　为什么男爵能进来，而我就不能呢？

威尔什宁　我们都得走了，说真的。火怎么样了？

索列尼　据说灭下去了。确确实实，我觉得这很奇怪，为什么这儿男爵能进来，而我就不能呢？（掏出一瓶香水来，往自己身上洒）

威尔什宁　隆—咚—咚！

玛莎　隆—咚！

威尔什宁　（笑，向索列尼）咱们到饭厅里去吧。

索列尼　这很好哇，等我把这个记下来。"我本可以把我的寓言和它的教训再讲得长一些，可是我不讲了：我怕招恼了那些愚人。"[1]……（看着屠森巴赫）嘘，嘘，嘘……（随着威尔什宁和费多季克下）

伊里娜　瞧这个索列尼，他把这间屋子熏得满是烟味……（惊讶地）男爵睡着了！男爵！男爵！

屠森巴赫　（醒来）我累了，只是……到砖窑去……这我可不是说梦话，我马上就要到砖窑上去工作了，这是个事实……这差不多是决定了的。（向伊里娜，温柔地）你多么苍白，多么可爱，多么醉人啊……

---

[1]　引自《克雷洛夫寓言》。

我觉得你这种苍白的脸色，就像一道光明，冲散了黑暗……你忧郁，你不满意这个生活……啊！那就跟我一块儿走吧，我们一块儿工作去吧！

玛莎 尼古拉·里沃维奇，出去！

屠森巴赫 （笑着）你在这儿了？我完全没有看见……（吻伊里娜的手）再见，我走了……看着你，我就回想起很久以前，你过命名日那天的情景来了。那天，你谈着工作的愉快的时候，是多么勇敢，多么快乐呀……那时候我也就隐约地看见了一种多么幸福的生活呀！可是那种生活又在哪儿了呢？（吻她的手）你眼里流泪了。上床睡去吧，天已经亮了……黎明了……我真恨不得你准许我为你牺牲我自己的性命啊！

玛莎 尼古拉·里沃维奇，走！不行，这真是……

屠森巴赫 我这就走……（下）

玛莎 （躺下去）你睡着了吗，费多尔？

库利根 嗯？

玛莎 你顶好回家去。

库利根 我的亲爱的玛莎，我的亲爱的好玛莎！……

伊里娜 她累了。让她歇一歇吧，费佳。

库利根 我立刻就回去……我的亲爱的好太太，我的美丽的……我爱你，我的无双的……

玛莎 （生着气）amo, amas, amat; amamus. amatis,

amant.[1]

库利根　（笑了）可别说，她真是可爱得惊人啊。我总觉得我是昨天才结婚的，可是事实上已经七年了。这确是真话！可别说，你确确实实是一个惊人的女人。我满足了，我满足了啊！

玛莎　你烦死我了，你烦死我了，你烦死我了……（站起来，又坐下去）我有一桩心事，总也摆脱不掉……简直叫我烦恼极了。就像一颗螺丝钉似的，紧拧在我的心里，我可非把它说出来不行了。我要说的是关于安德烈的事……他把这所房子抵押给银行了，他的太太把所有的钱也都给拿过去了。可是这所房子并不是他一个人的呀。这是我们四个人的！他如果是个规规矩矩的人，就应该懂得这个。

库利根　何苦呢，玛莎！你又没有什么需要……安德留沙负了一身的债，所以，就由他去好了。

玛莎　无论如何，这是叫人心里烦恼的。（又躺下去）

库利根　我们什么也不缺少。我工作，我教中学，另外还给私人补课……我是一个正派人。就像俗话常说的，朴实……Omnia mea mecum porto[2]。

1　拉丁语，我爱，你爱，他爱；我们爱，你们爱，他们爱。
2　拉丁语，虽然我没有一点产业。

玛莎　我什么也不需要，不过我恼的是这种不公平。

　　　〔停顿。

　　走，费多尔。

库利根　（吻她）你累了，稍稍休息半个钟头吧，我到那边坐会儿去，我等着你……睡吧……（走着）我满足了，我满足了，我满足了。（下）

伊里娜　是真的，安德烈自从跟那个女人一起生活，变得浑身都庸俗了；人也憔悴了，也老下来了！还说他想当教授呢，可是，结果呀，昨天一当了自治会议的委员，他不是已经觉得了不起了吗？哼，地方自治会议的委员，普罗托波波夫当主席的自治会议……全城到处都在讥讽着这件事，都在取笑着这件事了，可是只有他一个人什么也不知道，什么也没看见哪……就说现在吧，什么人都跑去救火，他一个人坐在自己的屋子里，什么也没上心里去。他成天拉小提琴。（神经紧张地）这真可怕，啊，这真可怕，可怕！（哭泣）这我可再也受不下去了，我再也不行了！……不行，不行了！……

　　　〔奥尔加上，站在桌旁整理东西。

　　（大声抽泣）赶我出去吧，赶我出去吧，我再也受不下去了！

奥尔加　（吃惊）你这是什么事呀，我可怜的、亲爱的！

伊里娜　（抽泣着）都到哪儿去啦？过去的一切都跑到

哪儿去啦？什么都没有了。啊！我的上帝，我的上帝啊！我把一切全忘了，全忘了……我满脑子都混乱了……我连意大利文管窗子……或者天花板叫什么都忘了……我把什么都忘了，我一天比一天忘得多，可是生命一去就永远也不回头啊。莫斯科，我们是永远、永远也去不成了……我看得很清楚，我们是去不成了……

奥尔加　伊里娜，亲爱的，亲爱的……

伊里娜　（抑制着自己）啊！我够多么不幸啊……我不能工作，我也不愿意再去工作了。我够了，够了！我当过电报生，现在我在市政厅工作，我讨厌，我瞧不起他们叫我所做的那些工作……我快二十四岁了。自从我工作了这些年，我的脑子就空了，人就瘦了，丑了，老了，可是得到了什么报偿呢？一点也没有，一点也没有啊。然而光阴一年一年地消逝着，我觉得自己是在脱离了这样美丽的真实生活；脱离得越来越远，将来还不知道要陷到多么深的深渊里去呢。我已经处在绝望之境了，而我却不明白我为什么还活着，我为什么还不自杀……

奥尔加　不要哭了，我的孩子，不要哭了……你哭得我难受。

伊里娜　我不哭了，不啦……完啦……你看，我不是不哭了吗。得啦……够了！

奥尔加　我的亲爱的,如果你愿意听我的话,就嫁给男爵吧!我是你的姐姐,也当作一个好朋友,所以才这样跟你说。

　　〔伊里娜极低的声音在哭泣。

你尊重他,你把他看得很高……他不漂亮,这是实情,然而他的本质是正直的,纯洁的……一个人结婚,不是为了爱情,而是为了尽到自己的责任,对不对?……无论情形怎样,我都是这种意见,所以我自己就不会为爱情去结婚。如果有人向我求婚,只要他是一个善良的男人,我就会答应他……我甚至可以嫁给一个老头子……

伊里娜　我一直都在希望我们能搬到莫斯科去,希望在那儿能找到一个我所梦想着的、我所爱的人……不幸这都是妄想啊,也无非是妄想啊……

奥尔加　(突然抱住她的妹妹)我的亲爱的、美丽的妹妹,这我很了解。当尼古拉·里沃维奇脱离了军伍生涯,穿上便服到我们家来的时候,他那个样子,丑得确实叫我都哭了……他问我:"你为什么哭呀?"我可怎么能告诉他呢!但是,如果上帝的意思是要他娶你,那我还是会快活的。那是另外一回事,完全是另外一回事。

　　〔娜达莎手里端着一支蜡烛,从右门上,一句话也没有说,横穿过舞台,由左门下。

玛莎 （坐起来）看她到处这么转来转去的，叫人还以为城里这把火是她给放的呢。

奥尔加 玛莎，你真不懂事。全家就是你最不懂事。我请你原谅我的话。

　　　［停顿。

玛莎 亲爱的好姊姊、好妹妹，我很想向你们作一次忏悔。我的心里苦极了。我要把心里的事情，只向你们坦白出来，不再对任何人去说……我要立刻就告诉你们。（很低的声音）这是我的秘密，但是应该叫你们什么都知道……我再也不能不说了……

　　　［停顿。

我爱，我爱……我爱这个人……你们刚刚还看见他呢……好啦，我很可以明说出来吧。我爱威尔什宁……

奥尔加 （走到她的屏风背后去）不要说下去了。无论怎么样，我都不听。

玛莎 有什么办法呢？最初我觉得他古怪……后来我觉着他可怜……再后来我就爱上他了……我爱上了他，连他的声音，他所说的话，他的不幸和他的两个小女孩子，我都……

奥尔加 （在屏风背后）你的话反正我不听。你想说什么糊涂话，尽管随便说好了，没有关系，反正我不听。

玛莎　啊,奥里雅,你真糊涂啊!我爱他——这当然是我命中注定了的。各人有各人的命运啊……而且,他也爱我……这一切真可怕,对吧?这样不好是不是?(握住伊里娜的手,把她拉到自己身边)啊!我的亲爱的……我们可又怎么活下去呢?我们又会变成什么样子呢?……我们读一本小说的时候,觉得什么都不算新鲜,以为自己什么都懂,可是,临到我们自己恋爱的时候,这才明白,原来无论谁也什么都不懂,而且各人都得照着各人的情形,自己去作决定了……我的亲爱的好姊姊,好妹妹呀……我已经向你们坦白了,现在我就什么也不再说了……现在我就要像果戈理的狂人那样……沉默……沉默了……

〔安德烈上,费拉彭特随上。

安德烈　(生着气)你要干什么?我真不明白。

费拉彭特　(站在半开着的门口,不耐烦地)安德烈·谢尔盖耶维奇,我早已跟你说过有十遍了。

安德烈　首先,不要叫我安德烈·谢尔盖耶维奇,要叫我尊贵的大人!

费拉彭特　尊贵的大人,消防队求你准许他们穿过你的花园,到河边去打水。不然的话,他们就得绕道儿,绕了又绕的,那可太苦啦。

安德烈　好吧。告诉他们说我答应。

［费拉彭特下。

真把我烦死了，这些人！奥尔加呢？

　　［奥尔加从屏风背后走出来。

我是来跟你要你衣橱上那把钥匙的，我把自己那把丢了。我记得你的钥匙也是这么小的。

　　［奥尔加一声不响地把钥匙递给他。伊里娜走
　　到她的屏风背后去。

　　［停顿。

多么大的火啊！现在小下去了。费拉彭特这个魔鬼，他把我可真气坏了，所以我才说了句糊涂话……尊贵的大人……

　　［停顿。

你怎么一句话也不说呀，奥里雅？

　　［停顿。

你顶好不要再这么愚蠢胡闹，不要再这么无缘无故地生闷气吧！……你在这儿了，玛莎，伊里娜也在这儿，这好极啦。咱们就一下子把话都彻底解释解释清楚吧。你们为什么反对我，为什么，你们说说？

奥尔加　算了吧，安德留沙。咱们明天再解释吧。（激动地）多么痛苦的一夜呀！

安德烈　（心情极其紊乱地）你不要着急。我是十分冷静地问你们的：你们为什么反对我？直说吧。

[威尔什宁的声音:"隆—咚—咚!"

玛莎 (站起来,高声地)啦—嗒—嗒!(向奥尔加)再见了,奥里雅,你镇静一些……(走到屏风背后,吻伊里娜)好好地睡吧……再见了,安德烈。走吧,她们都要累死了……明天你再来解释吧。(下)

奥尔加 这话对,安德留沙,话我们留到明天再说吧……(走到她的屏风背后)我们得睡觉了。

安德烈 等一会儿……我只说一句话,说完就走。第一,你们恨我的太太,娜达莎,这我早已经从我结婚的当天就看出来了。娜达莎是一个出色的女人,是一个规矩女人,生性爽直、高贵,——这就是我的意见!我爱我的太太,我也尊重她,你们明白吗?我尊重她,所以我要求别人也尊重她。我再说一遍,娜达莎是一个生性规矩、高贵的女人,所以,你们一切的不满意,都不过是——原谅我坦白地说吧——是你们的一些怪癖罢了……老处女绝不喜欢、也从来没有喜欢过她们的嫂子的——这是一个规律。

　　[停顿。

第二,你们生气的,是因为我没有当教授,没有去专门研究学术。但是我在地方自治会议里工作啦,我是一个委员,我认为,我这个职务的神圣和伟大,一点也不下于去作学问。我是地方自治会议的一个委员，我很引为自豪，如果你们愿意知道的话……

［停顿。

第三……我还得把这件事跟你们说说……我没有征求你们的同意，就把这所房子抵押了……我做错了，这我承认，我请求你们原谅。这一步，也是我的债务……三万五千卢布……把我逼的……我打老早就不赌了，早已经把纸牌戒了，不过我要说出来给自己作辩护的是，你们是没出嫁的姑娘，你们有抚恤金[1]……而我呢，我就可以说是……没有进项……

［停顿。

库利根 （把门开了一道缝）玛莎不在这儿呀？（吃惊）她到哪儿去啦？这可奇怪了……（下）

安德烈 你们都不听我说话是不是？娜达莎是一个出色的、规矩的女人。（一声不响地，跨着大步子在台上走来走去，随后又站住）我结婚的时候，认为我们会幸福的，彼此都会幸福的……但是，啊！我的上帝！（哭）我的亲爱的妹妹们呀，我的亲爱的好妹妹们，不要相信我这些话吧，不要相信我这些话……（下）

---

[1] 旧俄的制度，军官死后，子女各发抚恤年金，到结婚时为止。

库利根 （又把门开了一道缝，不安地）玛莎到哪儿去啦？玛莎不在这儿吗？真奇怪呀！（下）

〔火警的钟响。舞台上没有一个人。

伊里娜 （在屏风背后）奥里雅！是谁在敲楼板？
奥尔加 是医生，伊凡·罗曼诺维奇。他喝醉了。

〔停顿。

伊里娜 多么烦恼的一夜呀！

〔停顿。

奥尔加！（从屏风背后探出头来看）你听说了吗？炮兵旅要调走了；他们要调到很远的一个地方去。
奥尔加 这不过是传言。
伊里娜 到那个时候，我们可要孤单了……奥尔加！
奥尔加 唔？
伊里娜 我的亲爱的，我的亲爱的好奥尔加，我尊重男爵，我佩服他，他是一个出色的男人……我愿意嫁给他……我同意，只是我们得到莫斯科去！我请求你，我们去吧！世界上再没有比莫斯科更好的了！我们去吧，奥里雅！我们去吧！

——幕落

第四幕

普洛佐罗夫家的破旧花园。一条长长的园径,两旁栽着枞树,路的尽头,遥遥望见一条河流。河的彼岸,是一片森林。台右,是房子的凉台;那里的桌子上,放着些酒瓶子和酒杯;看得出有人刚刚喝过香槟酒。正是中午十二点。随时有过路的人们从街上穿过花园,走到河边去;五个兵士迅速地走过去。契布蒂金坐在一张花园的安乐椅上,在等着人来叫他;他的整个心情都是平静的,一直到闭幕,都是这样;他戴着一顶军帽,手里拿着一根手杖。伊里娜和脖子上挂着一个圣·斯坦尼斯拉夫勋章、两撇胡子也剃光了的库利根,还有屠森巴赫,都站在凉台上,正和走下台阶的费多季克和洛迭告别。这两个军官都是行军的装束。

屠森巴赫 (吻着费多季克)你是一个正直的朋友,我们在一起相处得真好。(吻洛迭) 再告别一次吧……再见了,我的亲爱的朋友……

伊里娜 再见了!

费多季克 再见?不,得说是永别了,我们永远也见不着了。

库利根 谁说得定呢!(擦擦眼睛,微笑) 看我这儿都哭了。

伊里娜 我们总有一天会见得着的。

费多季克 十年也许是十五年以后吗?可是到了那个时候,我们恐怕谁都不大认识谁了,见了面也只是冷冷地问候一声罢了……(要照相) 不要动……最后一次,再拍一张……

洛迭 (拥抱屠森巴赫) 我们再也见不着了……(吻伊里娜的手) 谢谢了,谢谢你的一切!

费多季克 (烦恼地) 等一等啊,我说!

屠森巴赫 如果上帝有意,我们准会再见得着的。给我们写信吧,嗯?一定要给我们写信。

洛迭 (把花园四处看了一遍) 再见了,美丽的树木啊! (喊) 喂!喂!

　　〔停顿。

　　再见了,回声!

库利根 谁说得定呢,也许你会在波兰结了婚……你的

波兰太太会紧抱着你,跟你说考恰尼[1]。(笑)

费多季克 (看看自己的表)只有不到一个钟头了。我们连里,只有索列尼一个人坐巡逻艇;我们其余的人,都跟着大队走。今天开走三个连,明天再走三个,随后这城里可就是一片冷清寂静了。

屠森巴赫 也就要沉闷得怕人了。

洛迭 玛丽雅·谢尔盖耶夫娜呢,她到哪儿去啦?

库利根 玛莎在花园里。

费多季克 我们得跟她说声再见啊。

洛迭 再见了,我们走吧,不然我可要哭起来了。(迅速地拥抱屠森巴赫和库利根,吻伊里娜的手)我们在这里住得非常快乐……

费多季克 (向库利根)拿去作为我的纪念……这本带铅笔的笔记本……我们就从这里到河边去吧……

〔他们留恋地环视着四周,走远。

洛迭 (喊)喂!喂!

库利根 (喊)再见了!

〔洛迭和费多季克在背景处遇见了玛莎,向她告别;她跟着他们走去。

伊里娜 他们走了……(坐在凉台最下一级的台阶上)

契布蒂金 大家都忘记跟我说声再见了。

---

[1] 波兰语,亲爱的。

伊里娜　刚才你的心思跑到哪儿去了呢?

契布蒂金　我自己不知道为什么也没想到。活该了!反正我们马上就又见着了。我明天出发。是呀……我也只能再多待这么短短的一天了。再过一年,人家就要叫我退休了,那时候,我会回到这里,在你们附近这里度我的余年……离现在只有短短的一年,我就能领养老金了……(往口袋里放进一张报纸去,另外又掏出一张来)我回到你们身边以后,我会彻头彻尾地改变我的生活……我会变成那么沉静……可爱、有礼貌……

伊里娜　是啊,你真是应当改变改变你的生活了,亲爱的朋友。真的,你真应当试试……

契布蒂金　是呀。这我也感觉出来了。(低唱)"告诉我们,那你会做什么?说说,你会扮演个废物吗?"[1]

库利根　你是改不过来的,伊凡·罗曼诺维奇!改不过来的!

契布蒂金　你教着我改呀。那我也许就改得过来了。

伊里娜　费多尔把胡子都剃掉了。我真不敢看!

库利根　为什么?

契布蒂金　我真恨不得把你现在这个样子说一说,可是

---

[1] 此处据莫斯科外文出版社法文版译出,在苏联国家文学出版社一九五〇年出版的俄文版《契诃夫全集》第三卷中,此句原文是:"搭拉拉……叮叮当……我坐在短柱上……"后同。——编者

我说不上来。

库利根　得了吧！这是一种风气，一种modus vivendi[1]。我们的校长把胡子剃掉了，我一做了学监，也就把胡子剃了。谁都觉得不顺眼，可是我一点也无所谓。我很满意。有没有胡子，我都一样满意。（坐下）

〔安德烈在背景的最远处，推着一辆摇篮车，里边睡着婴儿。

伊里娜　伊凡·罗曼诺维奇，我的亲爱的，我的好朋友，我心里不安得可怕。你昨天在大马路上，是不是？告诉告诉我，那儿发生了什么事情？

契布蒂金　发生了什么事情吗？一点也没有什么事呀。一些小事。（看他的报纸）没什么关系！

库利根　传言说是索列尼和男爵昨天在马路上碰见了，就在剧场旁边……

屠森巴赫　算了吧！真是的……（做了一个手势，走进房子）

库利根　就在剧场旁边……索列尼大概是攻击了男爵，男爵呢，叫他给逼急了，大概是向他说了几句冒犯的话……

契布蒂金　我不知道。这全是胡说的。

1　拉丁语，生活方式。

库利根　神学校有一个教员，在学生的一篇作文底下，批上"胡说"两个字，小学生看了半天没看懂，以为是个拉丁字呢，就把它读成了"腰子"[1]……（笑）那真可笑得厉害……据人说，索列尼爱上了伊里娜，所以就恨男爵……这是很自然的。伊里娜是一个动人的姑娘。她甚至有点像玛莎，也那样爱幻想。只是，你呢，伊里娜，你的性格比她温柔。不过，玛莎的性格也很好。我爱她——玛莎。

　　［从花园的深处，后台，传来呼唤声："唔—唔！喂—喂！"

伊里娜　（战栗着）今天什么事情都叫我觉得害怕。

　　［停顿。

一切东西都准备好了，我的行李吃过午饭就要运走了。明天我和男爵结婚，而且一到明天我们就搬到砖窑去；后天我就已经到了学校里了，我们要开始过一种新的生活了。上帝会来帮助我吗？我一考上小学教员的时候，我都快乐得、感动得哭起来了……

　　［停顿。

大车一会儿就来拉我的行李来了……

---

[1] 原文："胡说"—— чепуха（俄文）；"腰子"—— renixa（从拉丁文 reni——肾所变出来的拉丁字）；这两个字的手写体很相似。

库利根　这当然很好，只是，究竟还是不大严肃。这都不过是些空想，再说呢，也一点都不严肃。话虽如此，我还是至诚地祝你成功。

契布蒂金　（伤感地）啊！我的美丽的、可爱的、亲爱的伊里娜……你把我远远地超过去了，不可能追得上你了。像我这样的一只老候鸟，是再也飞不动的了，我落在后边了。飞吧，我的亲爱的，远远地飞吧，幸福吧！费多尔·伊里奇，你把胡子剃错了。

　　〔停顿。

库利根　就不要再提这个了！（叹气）等今天军队一走，生活就要又和从前一样了。无论别人怎么说，反正玛莎是一个出色的、端正的女人，我很爱她，我感谢上帝……人们的命运是各有不同的……间接税局里有那么一个叫作科兹列夫的，从前跟我同学；上到五年级，就叫中学给开除了，因为他永远不懂得 ut consecutivum[1] 是什么意思。现在他穷极了，又有病。我每次遇见他，总是对他说，"你好吧，ut consecutivum？" 他回答说："不就是这个样子吗，ut consecutivum。"……说着就咳嗽起来……我呢，正和他相反，我一直都是走运的，我幸福，我甚至得到了圣·斯坦尼斯拉夫二级勋章，而我现在又轮

1　拉丁语，结果。

到教别人这个 ut consecutivum 了。自然，我聪明，比许多人都聪明些，但是，幸福并不打这上头来。

　　[房子里，钢琴弹着《一个处女的祈祷》。

伊里娜　明天晚上，我就再也听不见这曲《一个处女的祈祷》了，我再也看不见普罗托波波夫了……

　　[停顿。

普罗托波波夫现在正坐在客厅里。他今天又来了……

库利根　女校长还没有来吗？

伊里娜　没有。派人找她去了。你们可真不知道，自从奥里雅不住在家里，我一个人过得多么苦啊……现在她当了校长了，住在中学里，成天到晚地忙着，而我孤单单地一个人，又没有什么事情可做，真烦闷，连住的这间屋子都觉得讨厌啊……所以，我就这样下了决心：既然我不能到莫斯科去，那也就算了。那是命里注定的。有什么办法呢？……谁都一点也违抗不了上帝的意思，那是真的。尼古拉·里沃维奇向我求婚……得啦，我考虑了一下，就决定啦……他是一个好人，他好得甚至令人惊奇……这样一来，突然间，我就觉得我的心像长了翅膀似的，快活极了，轻松极了。我又渴望着去工作，去工作了……只是，昨天，不知道发生的是什么事情，那就像一种秘密似的悬在我的头顶上。

契布蒂金　那是胡说的。

娜达莎　（向窗外）女校长来了！

库利根　女校长到了。我们进去吧。

　　　　［他和伊里娜走进房子。

契布蒂金　（看他的报纸，低唱着）"那你会做什么？你会扮演个废物吗？……"

　　　　［玛莎走近；背景处，安德烈推着摇篮车散步。

玛莎　看他坐得真怪稳当的……

契布蒂金　底下又怎么样呢？

玛莎　坐下去吧，不怎么样……

　　　　［停顿。

你爱过我的母亲吗？

契布蒂金　爱得很。

玛莎　她也爱你吗？

契布蒂金　（沉默了一会）这我不记得了。

玛莎　我的那口子来了吗？我们的女厨子玛尔法，从前总是这样叫她的那位警察。我的那口子来了吗？

契布蒂金　还没有呢。

玛莎　一个人要是好容易一点一滴地、断断续续地得到一些幸福，可是接着又失掉了，就像我现在这个样子，那他会渐渐地粗野起来，恶劣起来的……（指着自己的胸口）这里边都沸腾起来了……（望着推着摇篮车的安德烈）这不是我们的哥哥安德烈……

所有的希望都落空了。这就像费了千万只胳膊的力量,用了多少的劳动,花费了多少的金钱,才举起一口大钟来,可是它忽然又掉下去,摔碎了。就像这样,忽然间。安德烈就真正是这种情形啊……

安德烈 家里究竟什么时候才能安静呢?乱糟糟成什么样子啦!

契布蒂金 快了。(看看自己的表)我这是一个老式的表,带打钟点的……(把表上上弦,表响)第一,第二,和第五连准一点出发。

〔停顿。

我呢,明天走。

安德烈 再也不回来了?

契布蒂金 我不知道。我也许一年以后再来。不过,那谁知道呢?……无论怎么样吧,反正一点也没有什么关系……

〔远远地,街上传来竖琴和小提琴的声音。

安德烈 这座城要空了。就要像待在一个玻璃罩子里头似的了。

〔停顿。

昨天在剧场旁边,究竟发生了什么事情呀?个个都在谈着它,可是我一点也不知道。

契布蒂金 一点什么也没有。一些胡闹的事。索列尼攻击了男爵,男爵发了火,侮辱了他,结果就引得索列尼不得不提出决斗。(看看他的表)到时候了，我想……是十二点半，在皇家森林里，你们看，就是从这儿看得见的那座树林子，河那边儿……砰一砰！(笑)索列尼自以为是个莱蒙托夫，他还写诗呢。不开玩笑，这是他第三次决斗了。

玛莎 谁的第三次？

契布蒂金 索列尼。

玛莎 男爵呢？

契布蒂金 男爵的什么？

　　〔停顿。

玛莎 我的心思全乱了……我告诉你，无论如何，也不能让他们这样做。他会打伤男爵，甚至杀死他的。

契布蒂金 男爵是一个了不起的人，可是世界上多一个男爵少一个男爵，又有什么关系呢！由他们去吧！没什么关系。

　　〔花园外边，有人喊着："唔—唔！喂—喂！"
你先等一等。这是斯克沃尔佐夫，决斗的证人喊的。他坐上小船了。

　　〔停顿。

安德烈 我认为，决斗的人，或者去看决斗的人，即或是以医生的资格去看，都简直是不道德。

契布蒂金 那只是你觉得罢了……我们并不存在，这个世界上没有一样东西存在，我们只是幻想着是存在的罢了……可是，这又有什么关系呢？

玛莎 大家就都这样整天的谈哪，谈……（走）像这种气候，像马上就要下的这种大雨，都还不够，还得整天听这些谈话……（停住了脚步）我不进屋子去，我受不了……威尔什宁来的时候，告诉我一声……（顺着园径走下去）候鸟已经向南飞了……（抬头看）不管你们是天鹅，还是家鹅……亲爱的鸟啊……幸福的鸟啊……（走下）

安德烈 我们家里就要空了。军官们都要走了，你也要走了；妹妹就要结婚了，家里可就剩下我一个人了。

契布蒂金 还有你的太太呢？

安德烈 太太，不过是太太罢了。要说呢，她可也直爽、正派、善良，但是，所有她这些优点先不提，却有一点东西，竟使她降落到了浅薄、盲目、粗野的禽兽之列。无论如何，她不是一个人。我跟你这么说，因为你是我的朋友，是我唯一能打开心来说话的人。我爱娜达莎，这是实情，然而我有时却觉得她庸俗得可怕。一到那个时候，我就糊涂了，就绝对再也不明白我为什么会爱她到这种地步，至少为什么我曾经爱过她……

契布蒂金 （站起来）我明天就走了，亲爱的朋友，也许我们永远也再见不着了，所以嘛，我想给你出一个主意：戴上你的帽子，拿起你的手杖，远走高飞，走，直奔前程，毫不回头。走得越远越好。

［停顿。

不过随便你怎么做吧！都没有什么关系！……

　　［索列尼和两个军官，从背景处经过；他看见了契布蒂金，又转身向他走来；那两个军官继续走过去。

索列尼　十二点半，医生！时候可到了。（向安德烈问候）

契布蒂金　马上就去。你们都真烦死人。（向安德烈）安德留沙，如果有什么人找我，就说我马上回来……（叹息）哎—呀—呀！

索列尼　"他还没有来得及'哎哟'一声呢，熊已经扑到他身上来了。"（和医生并肩走着）你叹息什么，老头子？

契布蒂金　哼！

索列尼　身体怎么样？

契布蒂金　（生气的口气）像头牛那么结实。

索列尼　老头子心思担得不对劲儿。我也不想过分，我只要把他像只山鸡似的打倒，就完了。（从口袋掏出他那瓶香水来，往两只手上洒）我今天在手上洒了整整有一瓶子，可是它们还总是有味儿，有死人味儿。

　　［停顿。

啊！对了……你记得这几句诗吗："于是他，这个倔强的人，奔向了暴风雨，就好像他能在暴风雨里找到宁静一般……"[1]

契布蒂金 是呀……"他还没有来得及'哎哟'一声呢，熊已经扑到他身上来了。"（下，索列尼跟着下）

〔呼喊声："喂！唔—唔！"安德烈和费拉彭特上。

费拉彭特 这是请你签字的几件公事……

安德烈 （烦躁地）叫我清静一会吧！不要打扰我吧！我求你！（推着摇篮车走开）

费拉彭特 公事嘛，当然是得签字的喽！（走到背景处）

〔伊里娜和戴着一顶草帽的屠森巴赫上；库利根喊着"喂，玛莎，喂"横穿过舞台去。

屠森巴赫 我想，听见军队开走反倒开心的，全城里只有他一个人了。

伊里娜 这是很自然的。

〔停顿。

我们这座城现在可要空了。

屠森巴赫 亲爱的，我去去马上就回来。

伊里娜 你要到哪儿去？

屠森巴赫 我得到城里去一趟,另外呢……我还得跟伙

---

[1] 莱蒙托夫的诗。

伴们告告别。

伊里娜 这不是真话……尼古拉,你今天为什么这样的走神儿?

　　〔停顿。

昨天在剧场旁边发生了什么事情?

屠森巴赫 (做了一个不耐烦的手势)一个钟点以后,等我回来,我们就又见面了。(吻她的两手)我的又美丽又温柔的伊里娜……(直看着她的脸)我已经爱了你五年了,然而我从来没有觉得是司空见惯了的,反而越来越觉得你美丽。多么美丽、多么迷人的头发呀!多么美的眼睛啊!明天我就要把你带走了,我们就要去工作了,我们就要富足起来,我的梦想也就都要实现了。你将来会是幸福的。可惜的是一样,只有一样:你不爱我!

伊里娜 这我自己也没有办法呀!我会做你的太太,我会对你忠实、温顺,只是没有爱,这我可有什么办法呢?(哭泣)我一辈子也没有爱过人!啊!我一直那么梦想着爱情,从老早我就日夜地梦想着它了,然而,我的心就像一架贵重的钢琴,把钥匙丢了似的,所以就要永远锁着了。

　　〔停顿。

我看你的神色很不安宁。

屠森巴赫 我整夜没有睡觉。我一辈子也没有经验过这样叫我害怕的事情，再没有像这把丢了的钥匙这么刺我的心，这样叫我睡不着觉了……跟我说点什么话吧……

　　［停顿。

跟我说点什么话吧……

伊里娜　说什么呢？你要我跟你说什么呢？什么呢？

屠森巴赫　随便什么。

伊里娜　算啦，算啦！

　　［停顿。

屠森巴赫　往往有这种情形：在生活里，一些无足轻重的小事，一些无意识的琐碎事情，竟会无缘无故地突然起了重要的作用。尽管你照旧嘲笑它们，照旧认为那都是琐碎无聊的事情，然而，你同时却也照旧那么做，觉得自己没有力量能打住。啊！咱们不谈这个了吧。我快乐。就仿佛，这些松树，这些槭树和这些桦树，是我头一次才看见似的——它们都好像怀着好奇心在观察我，期待着会发生什么事情似的在瞪着眼看我。这些树木多么美丽啊，住在它们的荫凉下边，生活又真该是多么美丽呀！

　　［呼喊声："唔—唔！喂—喂！"

我得走了，时候到了……你看，这棵树，已经死了；可是它还和别的树一样在风里摇摆。所以我觉得，如果我要是死了，我还是会参加到生活中来的，无论是采取怎样的一个方式。再见了，我的亲爱的……（吻她的双手）你给我的那些证件，在我桌子上，压在日历底下呢。

伊里娜 我跟你一块儿去。

屠森巴赫 （吃惊）不行，不行！（急忙走开，走到园径里站住）伊里娜！

伊里娜 什么事？

屠森巴赫 （不知道说什么好）我今天还没有喝咖啡呢。去叫人给我预备一点吧。（急急忙忙下）

　　〔伊里娜站在那里，陷入沉思；随后，她走到背景处，坐在秋千上。安德烈推着摇篮车上，费拉彭特随着出现。

费拉彭特 安德烈·谢尔盖耶维奇，说到那些公事，可不是我的，那是政府的。又不是我编造出来的。

安德烈 哎呀！过去的一切都到哪儿去了呢？我从前的那种年轻、快活和聪明，我从前的那些形象完美的梦想和思想，和我从前那种照亮了现在和未来的希望，都到哪儿去了呢？为什么生活才刚刚开始，我们就变得厌倦、疲惫、没有兴趣、懒惰、漠不关心、无用、不幸……了呢？……我们这个城市，存在了有两百年了，里边住着十万居民，可是从来就没有见过一个人和其余的人有什么不同，无论在过去或者在现在，从来没有出过一个圣徒，一个学者，一个画家，或者一个稍微不平凡一点的、能够引人羡慕或者想去效法的热望的人……这些人只懂得吃、喝、睡，然后，就是死……再生出来的人，照样也是吃、喝、睡，并且，为了不至于闷呆了，他们就用最卑鄙的诽谤、伏特加、纸牌、诉讼，来叫他们单调的生活变化一些花样；太太们欺骗丈夫，丈夫们自己撒谎，同时也装作什么都没看见，什么都没听见；这种恶劣的样子，不可避免地影响了孩子们，于是，孩子们心里那一点点神圣的火花也就慢慢熄灭，他们渐渐变成了可怜的彼此相似的死尸，和他们的父母一模一样……（向费拉彭特，带着愤怒）你要干什么？

费拉彭特 什么？有公事请你签字。

安德烈 你真麻烦我呀！

费拉彭特 （把文件递给他）国库局的守卫刚才说……听说彼得堡今年冬天冷到了二百度。

安德烈 我觉得现在是可恨的，但是当我想到未来，又多么痛快啊！我心里就觉得那么轻松，那么自在。远处降临了一道光明，我看见自由了，我看见我和我的孩子们，将要从懒惰、克瓦斯[1]、鹅肉加白菜、

---

1 俄国农民常喝的一种饮料，是用大麦或面粉捣碎，加上热水发酵而成的。

饭后的午睡、卑贱的寄生虫式的生活里解救出来了……

费拉彭特　听说有两千个人冻死了。大家都吓坏了,他说这不知是在彼得堡,还是在莫斯科,我不记得了。

安德烈　(充满了柔情)我的亲爱的妹妹们哪,我的可爱的好妹妹们哪!(含着泪)玛莎,我的妹妹!

娜达莎　(在窗口里边)外边是谁在这么大声说话?是你呀?安德留沙?你会把孩子吵醒的。Il ne faut pas faire du bruit, la Sophie est dormée déjà. Vous êtes un ours.[1](生着气)你如果想说话,连孩子带车都交给别人好了。费拉彭特,从先生手里把车子接过去!

费拉彭特　好,夫人。(把车接过去)

安德烈　(狠狠地)我没有大声说话。

娜达莎　(在窗子里边,抚摸着她的孩子)宝贝!淘气的宝贝!小野孩子!

安德烈　(检查一下公文)好吧,等我看一下,该签字的我就签,然后你再把它们都送到市政厅去……
(浏览着文件走进房子)

〔费拉彭特把摇篮车推向花园深处。

1　**法语**,不要吵吵,小索菲已经睡着了。你简直是一个野人。

娜达莎 （在窗子里边）宝贝，你的妈妈叫什么名字呀？我的乖乖，我的小乖乖！奥里雅姑姑呢？噢，她在那儿啦，奥里雅姑姑。跟姑姑说："早安，奥里雅姑姑！"

　　［两个流浪艺人上，一个男人和一个少女，拉起小提琴，弹起竖琴；威尔什宁、奥尔加和安非萨由房子里走出来，一声不响地站在那里听了一会儿；伊里娜向他们走过来。

奥尔加　我们的花园简直成了一个公共过道了；车辆，行人，大家都从我们这里过。老奶妈，给他们几个钱！……

安非萨　（给他们钱）去吧，亲爱的人，上帝保佑你们吧！

　　［艺人们鞠着躬下。

可怜的苦命人啊！有饭吃的，谁也绝不干这个呀。（向伊里娜）早安，伊里娜！（吻她）咳呀，咳呀，我的小亲女儿，我过得可真不错，真不错呀！我住在中学里，和奥里雅在一块儿——这是慈悲的上帝赐给我老年的恩惠呀！像我这么一个造罪的老婆子，什么时候过得这么舒服过呀？……那是一所大房子，我自己单住一间，单一张床。都是官家的。我每逢半夜醒来，啊！主啊！圣母啊！世界上再没有比我更幸福的了！

威尔什宁 （看看自己的表）我们得走了，奥尔加·谢尔盖耶夫娜。时候已经到了。

[停顿。

我祝你们一切、一切顺利……玛丽雅·谢尔盖耶夫娜呢？

伊里娜 她在花园里……我去找她去。

威尔什宁 请费心吧。我忙着得走呢。

安非萨 我也找找去。（喊）玛申卡，喔——喂！

[和伊里娜走进花园的深处。

喔—喂！喔—喂！

威尔什宁 一切终归都得有个完结。现在我们分别的时刻也到了。（看看他的表）市政厅请了我们一顿午餐；大家一杯杯地干香槟酒，市长发表了一段演说；我尽管吃着听，可是我的心还在这儿，还在你们这儿……（把花园环视一下）我已经和你们待惯了。

奥尔加 我们还能再见吗？

威尔什宁 当然不会了。

[停顿。

我的太太和两个女孩子，还要在这里住两个月；如果发生点什么事，或者她们有需要你们帮忙的地方……我请你……

奥尔加 是的，是的，那当然。请放心好了。

［停顿。

到了明天,城里就要连一个兵都没有了,一切都要变成回忆了;而我们,当然,也就要开始过另外一种生活了……

　　［停顿。

没有一样事情是随我们愿望的。我不愿意当校长,可是我当上了。看起来莫斯科我是去不成了……

威尔什宁　嗯……谢谢你的一切吧……如果我有什么招你不快的地方,请原谅我吧……我好说话,话说得太多,那也请原谅我——不要记恨我吧。

奥尔加　(擦眼泪)玛莎为什么这么半天还不来呀……

威尔什宁　临分别了,我还能再跟你说些别的话吗?我们还有什么题目可以高谈阔论的呢?……(笑)生活是艰苦的啊。生活,对于我们中间的许多人,似乎都是昏暗的、绝望的;然而,我们应当认识,天边已经在发亮了,整个光明的日子,绝不会远了。(看看他的表)是时候了,我可该走了!从前,人类忙于战争,整个的生命里都填满了行军、侵袭和胜利……但是现在呢,过去的一切,都已经不合时宜了,而所留下来的一个巨大的空位置,直到目前也还没有一样东西去填补;人类正在热情地寻求着这种东西,当然,人类终会把它找到的。啊!只希望赶快能找到啊!

[停顿。

只希望爱劳动的加上教育,受教育的加上爱劳动啊,你明白吗?(看看他的表)我可真的该走了……

奥尔加　她这不是来了。

[玛莎上。

威尔什宁　我是来向你告别的……

[奥尔加稍稍走远,好不妨碍他们谈话。

玛莎　(直看着他的脸)再见了……(很长的吻)

奥尔加　得了,算啦……

[玛莎猛烈地抽泣。

威尔什宁　给我写信……不要忘记我!让我走吧!……没有时间了……奥尔加·谢尔盖耶夫娜,扶她过去,我得……走了……我已经迟到了……(非常感动,吻奥尔加的双手,然后又拥抱玛莎一次,匆忙走下)

奥尔加　打住吧,玛莎!够了,亲爱的,得了……

[库利根上。

库利根　(很窘)不要紧,让她哭吧——让她哭……我的好玛莎,我的亲爱的玛莎!……你是我的太太,无论遇到什么情形,我都是幸福的……我不抱怨,我一句也不责备你……这儿有奥尔加可以作我的证人……我们要重新去过我们过去那样的生活,我绝不提一个字,也绝不用一点暗示……

玛莎　(压下自己的啜泣)"海岸上,生长着一棵橡树,绿叶丛丛……树上系着一条金链子，亮铮铮……"树上系着一条金链子……我疯了……海岸上……一棵橡树，绿叶丛丛……

奥尔加　你镇静一下，玛莎……你镇静一下……给她一点水喝。

玛莎　我不哭了……

库利根　她不哭了……她真好啊……

　　［远处隐约一声枪响。

玛莎　海岸上，生长着一棵橡树，绿叶丛丛，树上系着一条金链子……一只猫，绿叶丛丛……一棵橡树，绿叶丛丛……我给搞错了……（喝了一点水）我的生活是一个失败……我现在什么也不再需要了……我马上就会镇静下来的……这没有什么关系……为什么总说"海岸上"呢？这几个字为什么总缠在我的心上呢？我的心都乱了。

　　［伊里娜上。

奥尔加　你镇静一下，玛莎。好，这才是好孩子呢……我们到屋里去吧。

玛莎　（生气的口气）不，我不进去。（啜泣，但即刻又克制住了）我再也不进这座房子了，我再也不会进去了……

伊里娜　咱们一块儿坐坐吧，哪怕一句话不说也行。我明天就要走了，你知道……

[停顿。

库利根 昨天在五年级班上,我从一个孩子手里抄出这么一份胡子和下髯来……(把胡子和下髯戴上)我像一个德国教授……(笑)这些孩子们,他们可真有趣,不是吗?

玛莎 他真像你们那个德国人。

奥尔加 (笑着)是啊。

[玛莎哭泣。

伊里娜 玛莎,看看你!

库利根 很像……

[娜达莎上。

娜达莎 (向女仆)怎么?叫普罗托波波夫坐在那儿看着小索菲,叫安德烈·谢尔盖耶维奇用车推着宝贝散步呀。孩子们的事可真麻烦!……(向伊里娜)伊里娜,你明天就要走了,多可惜呀!再跟我们多待一个星期吧。(一看见库利根,就喊了一声;库利根笑着把假胡子摘下来)哎呀,你呀,你把我可真吓坏了!(向伊里娜)我和你住得这么惯,你以为跟你分手我就不难受吗?我要叫人把你那间屋子收拾出来,让安德烈带着他的小提琴住进去,让他在那里一个劲儿地锯去吧!——我们把小索菲放在他的屋子里。这个孩子真招人疼,真好看!真可爱呀!今天,她睁着那么可爱的一对小眼睛看着我，叫了一声："妈妈！"

库利根　一点不错，她真可爱。

娜达莎　这么说，到明天，家里可就剩下我一个人了。（叹一口气）我头一样先得叫人把这条小路两边的枞树砍掉，还有这一棵槭树……这棵树，一到晚上，难看极了……（向伊里娜）我的亲爱的，这条腰带对你可完全不相称……这种趣味可不高。你应当配一条浅一点的颜色。然后我要叫人到处种上花，到处种上花，好叫这儿将来全是花香。（严厉地）这把叉子为什么乱丢在长凳子上？（往房子里走着，向女仆）这把叉子为什么乱丢在长凳子上，我问你？（喊）你住嘴！

库利根　她发上脾气了！

　　〔后台，军乐队奏着进行曲；大家都倾听。

奥尔加　他们走了。

　　〔契布蒂金上。

玛莎　我们那些人，走了……那么，祝他们一路平安吧！（向她的丈夫）得回家了……我的帽子和披肩呢？

库利根　我给放进屋里去了……我马上去拿去。

奥尔加　是的，现在我们得各人回各人的家了。是时候了。

契布蒂金　奥尔加·谢尔盖耶夫娜！

奥尔加　什么事？

[停顿。

什么事?

契布蒂金 没什么事……我不知道怎么样跟你说才好。

（凑近她的耳边,耳语）

奥尔加 （大惊）不可能的事!

契布蒂金 真的……多么难办的事啊……我累了,也心烦,我不愿意再多说了……（恼怒的心情）不过,这没有什么关系!

玛莎 出了什么事了?

奥尔加 （两手搂住伊里娜）今天是多么可怕的一天啊!……我不知道怎样跟你说才好,我的亲爱的……

伊里娜 到底是什么事呀?赶快说,出了什么事了?我求求你了!（哭）

契布蒂金 男爵刚刚在决斗里被杀了。

伊里娜 （无声地哭泣）我早就疑心了,我早就疑心了……

契布蒂金 （走到背景的最深处,坐在一张长凳子上）可把我累死了……（从口袋里掏出他那张报纸来）让她哭去吧……（低唱）"告诉我们,那你会做什么?说说,你会扮演个废物吗?……"反正还不是一回事!

[三姊妹站在那里,互相紧紧地靠着。

玛莎　啊！听听这个军乐呀！他们离开我们了，其中有一个人，是永别了，一去不复返了，我们今后只有自己单独去重新开始自己的生活了……应当活下去……我们应当活下去啊……

伊里娜　（头伏在奥尔加的胸上）一定会有那么一天，到那个时候，人们会懂得这一切都是什么原因，这些痛苦都是为了什么的。到那个时候，就不会再有神秘了。可是，现在呢，我们应当活下去……我们应当工作，只有去工作！明天，我要自己一个人走，我要到学校里去教书，我要把我的整个生命都贡献给也许有这种需要的人们。现在正是秋天；冬天很快就要到了，白雪会盖上一切的，而我也会不断地工作的……

奥尔加　（拥抱着她的两个妹妹）多么愉快、活泼的音乐啊，叫人多么渴望着活下去呀！啊！我的上帝啊！时间会消逝的，我们会一去不返的，我们也会被后世遗忘的，连我们的面貌，我们的声音，都会被人遗忘的。甚至一共有多少像我们这样的人，后世也不会记得的。然而，我们现在的苦痛，一定会化为后代人们的愉快的；幸福与和平，会在大地上普遍建立起来的。后代的人们，会怀着感谢的心情来追念我们的，会给活在今天的我们祝福的。啊！我的亲爱的妹妹们，我们的生命还没有完结呢。我们要活下去！音乐多么高兴，多么愉快呀！叫人觉得仿佛再稍稍等一会，我们就会懂得我们为什么活着，我们为什么痛苦似的……我们真恨不得能够懂得呀！啊！我们真恨不得能够懂得呀！

> [音乐的声音渐渐低远下去。库利根，高兴地微笑着，把玛莎的帽子和披肩取出来；安德烈推着宝贝坐的小车。

契布蒂金 （低唱）"告诉告诉我们，那你会做什么？说说，你会扮演个废物吗？……"（看他的报纸）反正一样，反正一样。

奥尔加 我们真恨不得能够懂得呀，我们真恨不得能够懂得呀！

——幕落

Антон Павлович Чехов
Три сестры

图书在版编目（CIP）数据

三姊妹 /（俄罗斯）安东·巴甫洛维奇·契诃夫著；
焦菊隐译 . —上海：上海译文出版社，2024.6
（契诃夫戏剧全集：名家导赏版；3）
ISBN 978-7-5327-9586-4

Ⅰ.①三…　Ⅱ.①安…②焦…　Ⅲ.①多幕剧-话剧
剧本-俄罗斯-近代　Ⅳ.①I512.34

中国国家版本馆 CIP 数据核字（2024）第 097785 号

三姊妹 契诃夫戏剧全集 3 名家导赏版	Антон Павлович Чехов ［俄］安东·巴甫洛维奇·契诃夫　著 焦菊隐　译	出版统筹　赵武平 责任编辑　陈飞雪 装帧设计　张擎天

上海译文出版社有限公司出版、发行
网址：www.yiwen.com.cn
201101　上海市闵行区号景路 159 弄 B 座
上海市崇明县裕安印刷厂印刷

开本 787×1092　印张 4.75　插页 2　字数 57,000
2024 年 6 月第 1 版　2024 年 6 月第 1 次印刷
印数：0,001—7,000 册

ISBN 978-7-5327-9586-4/I·6077
定价：35.00 元

本书中文简体字专有出版权归本社独家所有，未经本社同意不得转载、摘编或复制
如有质量问题，请与承印厂质量科联系，T：021-59404766